KB072538

말년병장, 이등병되다!

에바트리체 장편 소설

FUSION FANTASTIC STORY

말년병장, 이등병 되다! 3

에바트리체 장편 소설

초판 1쇄 찍은 날 § 2014년 6월 13일
초판 1쇄 펴낸 날 § 2014년 6월 20일

지은이 § 에바트리체
펴낸이 § 서경석

편집부장 § 권태완
편집책임 § 박은정

펴낸곳 § 도서출판 청어람
등록번호 § 제387-1999-000006호
등록일자 § 1999. 5. 31
어람번호 § 제1-1873호

주소 § 경기도 부천시 원미구 부일로 483번길 40 서경B/D 3F (우) 420-822
전화 § 032-656-4452 팩스 § 032-656-4453
http://www.chungeoram.com
E-mail § chungeorambook@daum.net

ⓒ 에바트리체, 2014

ISBN 979-11-316-9071-0 04810
ISBN 979-11-316-9020-8 (세트)

※ 파본은 구입하신 서점에서 교환하여 드립니다.
※ 저자와 협의하여 인지를 붙이지 않습니다.
※ 이 책은 도서출판 청어람과 저작자의 계약에 의해 출판된 것이므로,
　무단 전재 및 유포·공유를 금합니다.

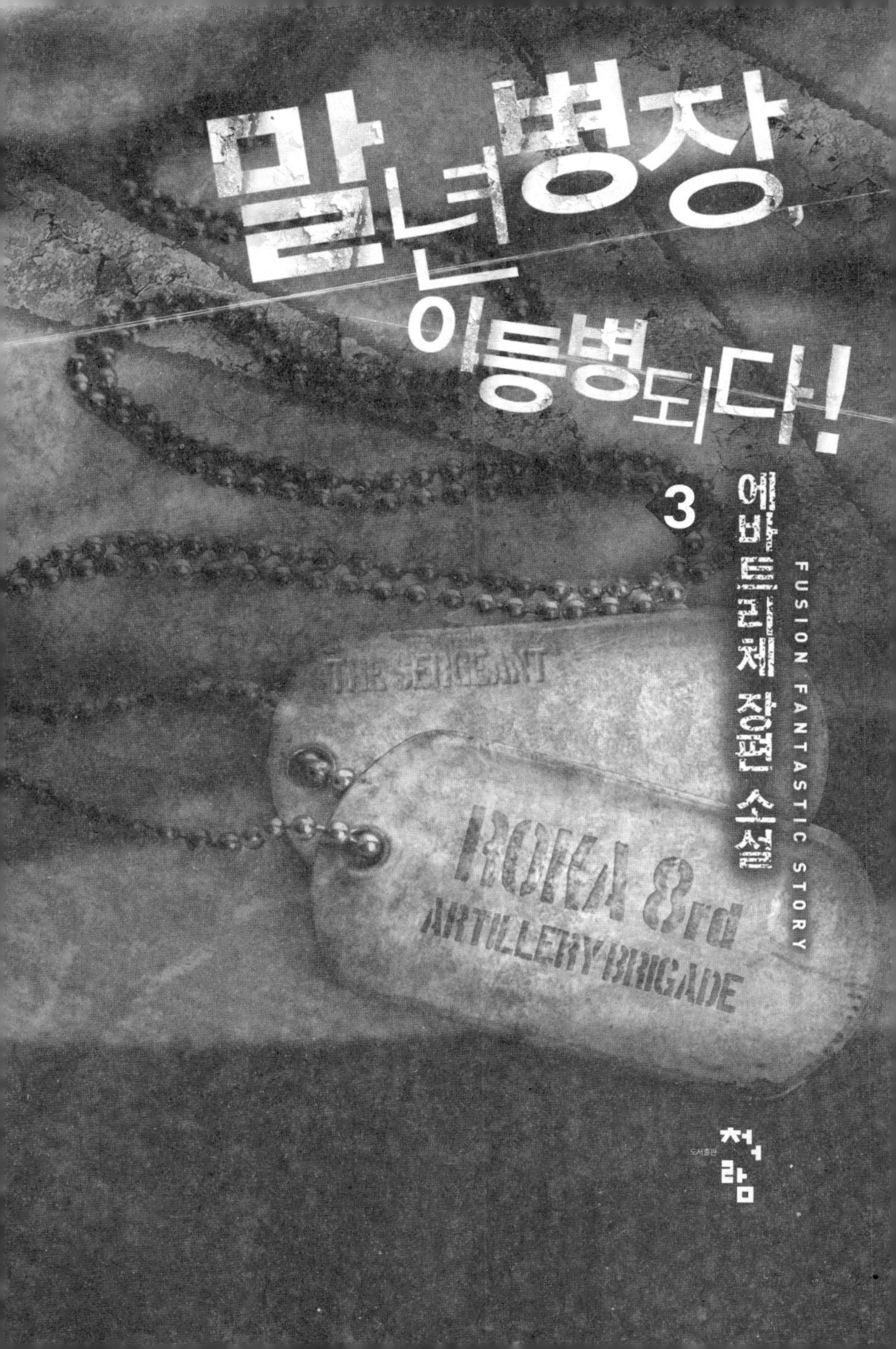

CONTENTS

제1장   자대 전입을 하다   7

제2장   신병 생활의 시작   39

제3장   노란 견장의 사나이   75

제4장   자대 생활의 시작   107

제5장   사단장의 방문   135

제6장   군인으로서 첫 바깥 공기를 마시다   183

제7장   TV 연등에 도전하다   215

제8장   피드백   237

제9장   내기를 하다   263

제10장   노동의 참맛   289

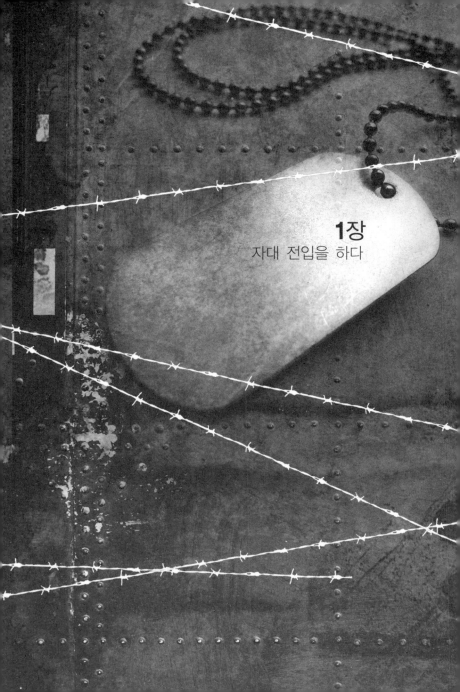

1장
자대 전입을 하다

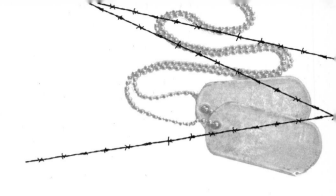

　"…이상으로 실험체 이도훈에 관련된 보고를 마치도록 하겠습니다."

　깔끔한 정장 차림으로 어두운 실내 한가운데에서 속칭 사장님 의자에 몸을 묻고 앉아 있는 여성에게 고개를 숙인 다이나의 목소리가 길고 긴 보고의 끝을 알렸다.

　"어, 수고했어."

　다이나의 보고를 대략 다섯 시간이라는 긴 시간 동안 잠자코 듣고 있던 여성이 책상 위에 휴대용 게임기를 올려놓으며 낮은 목소리로 물었다.

　"그래서 이번 자대는 잘 보낼 거 같아?"

"네, 국장님. 이도훈이라는 인간은 보기와는 다르게 상당히 꾀가 많은 타입입니다. 위기가 다가와도 침착하고 이성적으로 자신에게 이득이 될 만한 카드를 제시하고, 어느 순간 정신을 차려보면 교섭을 시도하는 그런 인간입니다."

"흐음. 사악한 녀석이네."

"…하지만 딱히 사악하다고 말할 수도 없습니다."

"어째서?"

"아직 제가 인간의 감정에 대해 잘 공감하지 못하는 것도 있지만… 이도훈이란 인간은 정 또한 많은 인간입니다. 방금 보고드린 내용 중 수류탄 관련 사건도 그렇고 본인만을 생각하는 이기적인 면도 있지만 중요한 순간에는 희생정신을 발휘하는 유의 인간입니다."

"타인을 위해 본인을 희생한단 말이지. 역시 인간은 이해할 수 없는 존재야."

팬티와 탱크톱 하나만 걸친 채 다시 한 번 휴대용 게임기를 들어 보인 여성은 핑크색의 풍성한 머리카락에 몸을 묻으며 천장을 바라보았다.

어두컴컴한 실내에 어울리게 천장의 형광등도 불이 켜지지 않은 상태다.

어두운 실내임에도 불구하고 국장이라 불린 여성은 독보적인 존재감을 발휘하고 있었다.

차원관리국 국장.

그것이 현재 의자에 앉아 있는 여성의 직위다.

"아참, 새로 들어온 인턴 상태는 어때?"

"앨리스… 말입니까?"

"그 아이가 우리 중에서 가장 인간의 감정에 가까운 아이지?"

"네, 그렇습니다만."

"이번 실험에 가장 어울리는 직원이니까 인턴이라고 마음껏 부리지 말라고. 괜히 비정규직이라고 막대하다가 관두겠다고 하면 이번 프로젝트에 커다란 지장이 생길지 모르니까 말이야."

"국장님께서는 앨리스를 꽤나 높이 사고 계시는군요."

"실수라고는 하지만, 이번 기회를 통해 우리 정신체들은 인간이란 존재와 접촉할 수 있게 되었어. 어떤 의미로 우리 사이에서는 가장 귀한 실험체 샘플이기도 하니까. 그리고……."

휴대용 게임기의 전원 버튼을 눌러 작동시킨 여성이 슬쩍 미소를 지으며 다이나를 향해 말했다.

"가지고 놀 수 있는 장난감은 많으면 많을수록 좋은 거 아니겠어?"

"……."

"뭐, 네 직속 부하 직원이니까 제대로 다루라고. 그리고 이번 프로젝트를 잘 성공시키면 앨리스란 아이도 정직원으로

승격시켜 줄 예정이니까 너무 그렇게 째려보지 마, 다이나."

"…죄송합니다."

"너의 부하 사랑이 특별하다는 건 나도 잘 알고 있지만, 상관에게 덤비는 건 나도 그냥 넘어갈 수 없지. 이도훈이라는 인간이 머물고 있는 군대란 장소도 그렇다며? 상관의 명령에 절대 복종한다고."

"네, 맞습니다."

"너에게도 그 규칙이 적용된다는 사실을 잘 알아둬."

"명심하겠습니다."

"그러면 됐어. 나가봐."

핑크빛의 여성이 손짓하며 다이나에게 퇴장하라는 제스처를 취했다.

여러 가지 의문점을 뒤로하고 국장실을 나가는 다이나에게 국장이 잊지 말라는 듯이 말했다.

"그리고 당분간은 날 국장님이라 부르지 말고 이름을 추가해 줘."

"이름 말입니까?"

"응. 그러니까……."

클리어라는 영어 단어가 휴대용 게임 화면 기기에 나오자 만족스러운 미소를 지으며 다이나를 바라본다.

"체셔, 이렇게 불러줘."

"솔직히 말해서 난 국장님의 속내를 모르겠어."

자판기 앞에서 따스한 커피 한 캔을 뽑아 마시던 다이나가 단정한 숏컷을 쓸어내리며 맞은편 벽에 등을 기대고 서 있는 트위들디에게 묻는다.

"넌 국장님이 무슨 생각을 가지고 있는지 알아?"

"팀장님이 모르시는 걸 제가 어찌 알겠어요."

차원관리국 내부에서도 여전히 계속되고 있는 트위들디의 선글라스 사랑은 실내임에도 불구하고 커다란 선글라스를 착용하고 있었다.

트위들디의 반응에 다이나는 예상했다는 듯이 한숨을 내쉰다.

"하긴, 기대하고 있는 내가 바보지."

"팀장님, 그 말은 저를 은근슬쩍 무시하는 것처럼 들리는데요."

"무시당하기 싫으면 월급 좀 아껴 써. 매번 인터넷이라는 것으로 명품만 주구장창 주문을 하니까 돈이 없는 거잖아."

"명품은 여성을 가장 빛나게 하는 존재라고요. 그러는 팀장님이야말로 좀 꾸미고 다니시는 게 어때요? 그러니까 남자 친구가 없……."

쫘직!

무의식적으로 캔을 으깨 버린 다이나의 반응에 순간 움찔한 트위들디가 시선을 회피하며 이마에 맺힌 식은땀을 닦는다.

"고, 곧 생길지도……."

"흥! 이년이고 저년이고. 맨날 그놈의 남자 친구 타령만 하니까 우리 팀이 다른 부서한테 얕잡아 보이고 있는 거잖아."

"얕보이는 게 아니라 부러워하고 있는 거예요."

"도대체 어디가……."

"그야 인간 남자 친구를 가장 먼저 두게 된 앨리스를 보면 알잖아요. 신기하다는 반응이 대부분이고 부럽다는 반응도 적지 않아요."

"그거야 일시적인 호기심일 뿐이지. 자고로 유행이라는 건 돌고 도는 법이야. 이 현상도 언젠가는 당연시되는 때가 오겠지."

"그때쯤이면 팀장님도 남자 친구가 생기겠네요."

"…트위들디, 요새 내 신경을 자극하는 투의 말이 입에 박혔나 보네?"

"어, 어머나! 점심시간이 끝났네요! 그럼 전 일하러……."

불똥이 튀기 전에 황급히 자리를 뜬 트위들디가 머리카락을 휘날리며 재빨리 자신의 자리로 돌아갔다.

일은 잘하지만 다른 쪽으로 새는 경우가 많아 직속상관인 다이나의 입장에서는 골치 아픈 경우가 한두 번이 아니다.

게다가 이번에는 앨리스라는 존재까지 들어오지 않았는가.

앨리스는 어떻게 보면 트위들디의 상위 호환 버전이라고

볼 수 있다.

물론 성격이 활발하고 쾌활한 건 좋긴 하지만 과유불급이라 했던가. 지나침은 부족한 것만 못한 법이다.

귀에 꽂은 이어폰을 지그시 손가락으로 압박하며 자리에서 일어선 다이나가 다른 부서를 호출한다.

"이도훈 서포터즈 팀장, 다이나다. 앨리스는 어디 있지?"

─인간계에 파견 나갔습니다.

"난 앨리스에게 파견을 나가라고 명한 기억이 없다. 이도훈의 호출이 있었나?"

─아니요. 그건 따로 없었습니다만…….

"…알았다. 남은 업무에 수고하도록."

굳이 언급할 필요도 없다. 또 업무를 내팽개치고 이도훈을 만나러 갔으리라.

"국장이라는 분도 그렇고 부하 직원들도 그렇고 하여튼 왜 내 주변엔 다 이상한 녀석들뿐이야."

다이나는 주름살이 하나 더 늘어나는 듯한 기분이 들었다.

"이도훈~ 이도훈~"

콧노래를 부르며 훈련소에 공간 이동으로 등장한 앨리스.

오늘은 초창기 자신의 콘셉트에 충실해 새로운 복장으로 나타났다.

이름하야 가정교사 복장.

빨간색의 타이트한 정장 차림에 초미니 스커트, 그리고 커피색의 스타킹과 더불어 삼각 안경까지 완벽하게 구비하고 온 앨리스가 기쁜 마음으로 도훈을 찾기 위해 훈련소에 짜잔 등장했지만,

"…어라?"

평소 훈련병들로 바글바글하던 생활관 내부가 오늘따라 상당히 초라해 보인다.

아무도 없다.

게다가 짐도 사람의 흔적을 지우기라도 한 듯이 남아 있지 않다.

"뭐지?"

고개를 갸우뚱하며 종종걸음으로 생활관 내부를 둘러보는 앨리스였지만, 도훈의 흔적은 느낄 수 없었다.

잠자코 지금의 이도훈 실종 사건을 고심해 보던 앨리스는 이제야 생각났다는 듯이 손뼉을 치며 외친다.

"맞다! 다른 곳으로 이사 간다고 했지?"

엄밀히 말하자면 자대 배치를 받고 훈련소를 퇴소했다는 표현이 옳겠지만, 불행하게도 앨리스의 군대 상식은 아직 한참 부족한 상태였다.

당황한 앨리스는 투명화 프로그램을 재빨리 풀고 인기척이 느껴지는 행정반으로 찾아가 노크를 했다.

"저기요, 실례합니다~"

군대에서는 듣기 힘들다는 간드러지는 여성의 목소리가 들린 탓일까.

행정반에서 훈련병들이 남기고 간 잔해를 뒤처리 중인 조교들이 우왕좌왕하며 문을 박차고 나왔다.

"여, 여자다!!"

움찔 놀란 앨리스가 뒤로 두세 걸음 물러서자, 행보관이 네댓 명이나 되는 사병들의 대가리를 그대로 치며 외쳤다.

"이 잡것들이 뭐하는 짓이야! 숙녀분 놀라게!"

"죄, 죄송합니다!"

"니들이 무슨 훈련병도 아니고, 퍼뜩 가서 생활관 정리 안 하냐!"

"예, 알겠습니다!"

여자에 굶주린 사병들의 엉덩이를 발로 걷어차 버린 훈련소 행보관이 이윽고 앨리스에게 다가왔다.

"그나저나 아가씨, 여기는 어떻게 들어왔습니까?"

"아, 그러니까……."

볼을 붉적이며 뒤늦게 자신이 한 행동이 인간의 상식선에서 불가능한 일임을 깨달았다.

지금은 면회일도 아니고 위병소는 사병들이 지키고 있다. 게다가 군부대 주변은 철조망으로 둘러쳐 있지 않은가.

멀쩡한 차림으로 군부대 내부로 진입해 들어왔으니 당연히 의구심을 품을 것이다.

"어, 어쩌다 보니 오게 되었어요."

"…어쩌다 보니요?"

"네, 어쩌다 보니……."

마땅한 핑곗거리가 떠오르지 않아 어물쩍거리는 앨리스를 지켜보던 행보관이 어쩔 수 없다는 듯이 웃으며 말한다.

"아가씨, 분명… 말년 신병의 여동생이죠?"

"말년 신병이요?"

"이도훈이라는 녀석이요."

"그게 아니라 사실은 애인… 아, 네, 맞아요. 여동생이에요. 아하하."

속으로는 당당히 애인이라고 밝히고 싶었지만, 나중에 도훈에게 무슨 소리를 들을까 봐 말도 못한다.

"우매한."

"일병 우매한."

"이 아가씨께 말년 신병이 배치 받은 자대 알려드리고 위병소 밖까지 배웅해 드려라."

"예, 알겠습니다."

그나마 믿을 만한 우매한에게 앨리스를 맡긴 행보관은 나중에 도훈을 찾아가보라는 말만 남기고 다시 행정반으로 들어간다.

한편,

"드디어 가는구나! 자대로!"

트럭 뒤에서 건빵을 먹으며 주변 풍경을 관람 중이던 철수가 기대감 어린 목소리로 외친다.

도훈 역시도 서서히 들어서는 익숙한 풍경에 한층 기대감이 상승한다.

드디어 자신이 머물렀던 자대로 돌아왔다.

말년병장이 아닌 이등병 이도훈의 또 다른 군 생활이 시작된 것이다.

"…그런데 뭔가 잊은 거 같단 말이지."

뒤늦게나마 앨리스에게 어느 자대로 배치되었는지 알려주지 않았다는 사실을 깨달은 도훈이지만 이미 많이 늦은 상태였다.

트럭을 타고 외딴 산골짜기 안으로 들어서기 시작한 도훈과 철수. 자대 배치를 받은 이는 두 사람 외에도 두 명이 더 있었지만, 서로 같은 훈련소에 같은 동기라 하더라도 안면을 트고 지낸 사이는 아니기에 그다지 친분 있는 말을 주고받지는 않는다.

철수의 주절거림을 도훈이 들어주는 형태의 대화가 계속해서 지속될 뿐이다.

"우와~ 죽이네! 대한민국에 이런 장소가 있었나?"

"입 좀 다물어라. 그러다가 혀 깨물라."

도훈이 허름한 폐급 방탄모를 고쳐 쓰며 충고하듯 말하지만, 철수는 계속해서 주저리주저리 떠드는 일에 열중한다.

차를 타고 일반 도로를 타게 된 이들. 도로에 일반 차들이 보이지만 이들은 추운 날씨에 트럭 뒤라는 불행한 위치에서 일반 차량과 같이 도로를 달리고 있다.

"여기에 눈이라도 왔다면 완전 끝장이었겠구만."

철수가 바들바들 떨면서 두 손을 싹싹 비비며 마찰열이라도 높여보려 시도한다.

야외 숙영 때가 떠올랐던 것일까. 아무리 군대 옷이 방한 전문이라 해도 쏟아지는 비 앞에서는 속수무책이다.

"비가 와도 설마 여기에 타고 가는 건 아니겠지?"

이등병 마크를 막 단 철수이기에 우천 시, 혹은 폭설 시에 어떻게 대처하는지를 잘 모른다.

그래서 군대 척척박사라 불리고 있는 도훈이 어쩔 수 없다는 듯이 미약하게 한숨을 내쉬며 대신 설명해 준다.

"기우가 안 좋으면 호로라는 것을 치니까 걱정하지 않아도 돼."

"…호로?"

"트럭 같은 거 보면 두꺼운 천막으로 감싸는 거 있잖아. 군용 트럭에도 호로라는 게 있으니까 날씨 걱정은 안 해도 된다. 아니, 그것보다 네가 걱정할 일은 아니잖아. 우리가 신경 써야 할 것은 자대에 가서 어떤 식으로 적응하는지가 관건이니까."

"음, 그 말도 일리가 있군."

자대에 대한 기대와 두려움이 차량에 몸을 실은 이들의 마음을 불안하게 만든다.

자대라는 곳에 대해서는 이들도 사회에서 들은 게 많다.

내무 부조리라든지, 혹은 악명 높은 괴롭힘 등 훈련만이 아닌 내무 생활에서의 고통이 따른다.

훈련소는 같은 동기들끼리 생활관을 사용하기 때문에 별다른 어려움이 없다. 훈련과 일정이 빡셀 뿐이지, 그 과정만 견디면 충분히 감당할 수 있으니까 말이다.

하지만 자대는 다르다.

훈련소는 오로지 훈련으로 인한 순수한 고통이 있다고 한다면, 자대는 심적 고통이 따르는 장소라고 할 수 있다.

그 상황에서 이들이 믿고 의지해야 할 존재는 다름 아닌 내 자신, 혹은 신뢰를 쌓은 동기일지도 모른다.

그런 측면에서 보자면 도훈에게 철수의 존재는 대환영이라고 할 수 있다. 그동안 도훈은 나 홀로 자대에 배치 받고 혼자서 모든 것을 극복해 온 천상천하 유아독존식 남자다. 그렇기에 군대에 대한 노하우도, 그리고 쓸모없는 자존심도 생기긴 했지만 그래도 고된 과정을 겪었기에 군대에 대한 경험과 지식은 누구보다도 탁월하다 할 수 있었다.

철수가 입이 싸고 덩치에 비해 효율성이 떨어지는 녀석이지만, 이런 녀석도 군대에 가면 변하게 마련이다.

군대는 사람을 바꾸는 미지의 장소니까.

서서히 트럭이 인적이 드문 산골짜기를 향해 들어서기 시작한다.

2층 이상의 건물이 보이지 않으며, 도시 남자들에게는 상당히 낯선 시골 내음이 코끝을 자극한다.

이윽고 산들에 둘러싸여 있는 어느 한 군부대 앞에 차량이 멈추자 위병소에 있던 인원 중 한 명이 선탑자를 통해 신원을 확인하기 시작한다.

"무서운 곳이구만."

철수가 주변을 둘러보며 부대의 위엄 넘치는 모습에 질겁한 듯 작게 속삭인다.

28사단 123 포병대대.

태풍부대라고 불리며, 거수경례를 할 때 충성 대신 태풍이라고 해야 하는 특징이 있다. 태풍을 형상화시킨 사단 마크를 달고 있으며, 도훈과 철수가 배치 받은 곳은 6.25 전쟁 때 주화력 포지션을 담당했던 155㎜ 견인곡사포 부대인 123대대이다.

위병소를 통과하고 연병장 한구석에 차를 세운 뒤 선탑자가 차에서 내리며 말한다.

"다들 내려라."

"예!"

별로 짬이 안 되어 보이는 하사의 명령에 따라 하나둘 차에서 내리기 시작한다.

등에는 완전군장을, 그리고 배 앞에는 더블백을 짊어지고 하사의 명에 따라 움직인다.

좁고 꽤나 경사가 진 계단을 오르자, 작은 사무실 문을 열고 나온 중위가 이등병들에게 안으로 들어오라고 말한다.

"더블백과 군장은 알아서 오와 열을 맞춰 정리해 놓고, 의자에 한 명씩 앉으면 된다. 알겠나."

"예, 알겠습니다!"

"아, 그리고 나는 인사장교다. 각 부대에서 인원이 내려오기 전까지 여기에 있다가 불편하거나 궁금한 사항이 있으면 나한테 물어보면 된다."

"예!"

"일단… 사무실 밖에 공중전화 있으니까 전화하고 싶으면 해도 된다. 너무 오래하진 말고."

인사장교의 말에 도훈과 철수를 비롯해 두 이등병의 눈빛이 달라진다.

훈련소에서는 제대로 써보지 못한 전화를 마음껏 사용하라니!

"저, 전화카드가 없습니다!"

철수가 손을 번쩍 들고 상당히 무례한 발언일지도 모르는 소리를 지껄인다. 순간적으로 안색이 파랗게 질린 두 이등병이지만 도훈은 별다른 표정 변화가 없다.

이미 도훈은 대대 인사장교에 대해 꽤나 많이 알고 있었다.

성격도 털털할뿐더러 참을성도 많다. 사람도 좋아서 주변 평가도 좋은 인물 중 하나다.

고작 이런 행동에 화를 낼 인사장교가 아니란 사실을 도훈은 이미 알고 있었기 때문이다.

"하하, 녀석, 참. 자, 이거 써라."

자신이 지니고 있는 공중전화 카드를 선뜻 내민다.

고개를 숙이며 감사하다고 크게 외친 철수가 재빨리 카드를 받아 들고 공중전화를 향해 나간다.

다른 이등병 둘도 눈치를 보다가 이내 타이밍을 잡았다는 듯이 빠르게 발걸음을 옮긴다.

도훈은 본래 사무실 안에서 난로의 뜨거운 열기에 심취하고 싶었지만, 모두가 나가기에 어쩔 수 없이 자리를 뜬다.

"아, 저 병신들. 날씨도 추운데 꼭 전화를 해야 하나."

그래도 부모님, 혹은 여자 친구의 목소리를 듣고 싶어하는 것이 모든 군인의 소망이 아닌가. 도훈도 이번만큼은 이해를 해주겠다는 듯이 잠자코 이들과 밖으로 나간다.

"여보세요? 나야, 나! 김철수!"

전화기를 붙잡고 여자 친구에게 또다시 덩치에 안 어울리는 애교를 떨기 시작한 철수 탓에 도훈은 방금 전까지 품었던 이해심을 깡그리 다 구겨 던져 버렸다.

괜히 같이 나왔다며 투덜거리며 훈련소에서 몰래 훔쳐 두었던 담배 하나를 물었다.

"후~"

본래는 비흡연자지만 군대에 와서 담배를 배운 도훈이 길게 담배 연기를 내뱉자, 근처에 있던 이등병 한 명이 은근슬쩍 눈치를 보기 시작한다.

딱 봐도 담배를 피우고 싶어하는 눈치인 것을 직감한 도훈이 남은 담배 한 개비를 건넸다.

"자, 하나 피워."

"괜찮겠어? 돗대인데……."

"상관없어. 어차피 PX에 가서 사면 그만이니까."

"이등병은 마음대로 PX도 못 간다며."

"무슨 헛소리야. 자대에 오자마자 선임들이 막 전입한 신병을 데리고 가는 장소 1순위가 PX인데. 거기서 적당히 눈치 보다가 '담배가 가장 피우고 싶습니다!' 라고 한마디 하면 선임이 몇 갑 정도는 사준다고."

"그, 그래?"

김철수의 어리바리함을 고스란히 베껴놓은 듯한 이등병이 도훈이 건네준 돗대를 입에 문다.

라이터로 불을 붙여주자 나란히 담배를 피우기 시작한 이등병. 훈련소에서는 담배조차 통제를 당하지만 자대는 마음껏 피울 수 있다는 게 마음에 드는지 이등병의 안면에 미소가 새겨진다.

도훈도 흡연자라서 이등병의 저런 마음은 공감하지만, 그래도 그리 자주 담배를 피우지는 않았기에 훈련소에서도 딱히 흡연의 유혹에 넘어간 적은 없다.

"그런데 이 담배는 어디서 난 거야?"

이등병이 가장 먼저 물어봐야 할 질문을 이제야 묻자 도훈이 피식 웃으며 말한다.

"훈련소에서 어떤 병신 같은 녀석이 담배를 숨겨놨더라고. 그래서 내가 슬쩍했지."

"용케도 안 들켰구나."

"짜식, 짬밥은 뒷구멍으로 먹은 줄 아냐. 노하우라는 건 다 이럴 때 써먹는 거라고."

언제 조교가 훈련병에게 눈을 떼는지, 그리고 어느 타이밍이 담배 타임인지 명확하게 꿰뚫고 있는 도훈이기에 여태 담배 소유를 들키지 않고 잘 피워온 것이다.

아무리 조교들이 날고 긴다고 하지만 기껏해야 일병, 혹은 상병급이 전부다. 병장 녀석들은 귀찮다고 조교에서 빠져 아무리 직급이 높아봤자 상병이 최고이다. 그렇기에 이미 말년 병장인 도훈에게 못 미치는 부분이 더러 존재했다.

빈틈을 파고들어 흡연까지 완벽하게 소화한 도훈의 위엄을 지켜본 이등병은 질렸다는 얼굴로 말한다.

"역시 군대 척척박사. 도대체 모르는 게 뭐냐?"

"앞으로의 미래에 대해서는 나도 잘 몰라."

"철학적인 대답이네."

"그러냐?"

사실 도훈은 대략 앞으로 남은 군 생활의 전반적인 일은 기억하고 있다. 게다가 기억이 잘 안 나면 다이나에게 부탁한 기억 회상 장치를 통해 세세하게 살펴보면 된다.

하지만 이번 차원은 도훈이 있던 본래의 차원과 달리 흘러간다. 철수가 자신과 같은 자대에 배치된 것 하나만 보아도 이미 그 징조는 발생했다.

앞으로의 남은 기억이 참고가 될 수는 있지만 정답은 될 수 없다.

그렇기에 도훈은 자신이 지니고 있는 기존의 기억을 오로지 참고용으로 사용하되 이것이 절대적으로 적용될 거라고는 생각하지 않으며 군 생활에 임해야 했다.

그것이 차원관리자들이 도훈에게 누차 강조했던 사실이다.

기억이 모든 것을 해결해 줄 거란 생각은 버려야 했다. 기억을 토대로 도훈의 기질을 발휘하는 게 가장 이상적인 군 생활을 만들어가는 지름길이었다.

이런저런 대화를 나누는 사이, 드디어 전화 통화를 마쳤는지 철수가 싱글벙글거리며 이들에게 다가온다.

"너희는 전화 통화 안 할 거야?"

"니 징그러운 애교 보니까 하기가 싫어졌다."

도훈의 일침에 옆에서 나란히 담배를 피우던 이등병이 피식 웃는다.

그러자 살짝 얼굴을 붉힌 철수가 멋쩍은 듯 머리를 긁적이며 나름 핑계를 둘러대기 시작한다.

"야, 요즘 여자들은 애교 있는 남자를 좋아해."

"지랄 좀 그만 떨고 다녔으면 후딱 들어가자. 춥다."

"어허! 내 말을 무시하는 거냐?"

"무시할 만하니까 무시하는 거지."

도훈이 철수의 엉덩이를 걷어차며 빨리 들어가자고 재촉했다.

쾌청한 겨울 하늘이건만, 아직 이들에게는 스산했다.

다시 사무실 안으로 들어온 이들은 인사장교로부터 별도의 용지를 받게 된다.

"훈련소에서 매번 작성해서 지겨울 테지만, 한 번 더 작성하도록. 뭔지는 다들 한눈에 봐도 알겠지?"

"예!"

"볼펜으로 적당히 써."

인사장교가 나눠 준 종이는 이등병들의 신상명세를 기입하는 용지였다.

아무래도 인사과이다 보니 이런 상세한 사항들을 다 기입해서 내야 한다. 각자 부대에서 인솔 인원이 나오기 전까지 이등병이 해야 할 일이라고는 대략 이런 것밖에 없다.

"이제 이것도 지겨워지려고 하네."

투덜거리면서 용지에 또다시 이름, 주민번호, 기타 등등 상세 정보를 쓰기 시작하는 철수 외에 기타 삼인방.

도훈은 하나 작성해서 복사기로 한 열 장 정도 복사해 두면 안 되나 하는 생각도 들었지만, 현실적으로 불가능하다는 사실을 잘 알고 있기에 그러려니 하고 넘어갔다.

사무실에서 각종 기입 사항을 적어가던 그때였다.

"태! 풍!"

인사장교가 난데없이 사무실 안으로 들어온 간부에게 목소리가 터지도록 거수경례를 했다.

이등병들 역시도 간부의 출연에 반사적으로 자리에서 일어났다.

전투모의 무궁화 두 개, 어깨에 달려 있는 초록색의 견장이 한눈에 봐도 이 사람이 이곳 123대대의 대대장임을 알 수 있었다.

'…실로 오랜만에 보는 듯한 기분이 드는군.'

도훈이 침을 꿀꺽 삼키며 대대장의 포스를 감당해 냈다.

2년 전 도훈이 이곳 123대대에 전입해 왔을 때도 이렇게 대대장이 왔었다. 그때 당시에 기억이 나는 건 분명…….

"인사장교, 준비 잘 해됐나?"

"예, 미리 다 준비했습니다!"

"음! 그럼 10분 뒤에 이등병들 대대장실로 인솔해 오게."

"알겠습니다! 태풍!"

"태풍."

거수경례 구호가 '태풍'이라는 사실을 도훈과 철수, 그리고 나머지 두 이등병도 이 순간 처음 알게 되었다.

훈련소에서 매번 충성을 외치다 보니 태풍이란 구호가 입에 잘 안 달라붙는 게 사실이다. 하지만 여기가 어디인가. 바로 군대다. 하라면 해야 하고 안 되는 것도 되게 하는 군인정신으로 무장하고 있어야 한다.

대대장이 퇴장하자 인사장교가 가볍게 한숨을 내쉬며 근처에 있는 일병에게 외친다.

"어제 내가 준비해 두라는 거 확실히 해뒀겠지?"

"물론입니다!"

"빨리 주문시켜. 가게에 연락해서 정확히 5분 내로 가져오라고 하고."

"알겠습니다, 인사장교님. 바로 전화 넣겠습니다."

"그래, 그리고 이등병들은 신상명세 다 작성했으면 나를 따라오도록."

인사장교가 다이아 표식이 두 개 달려 있는 중위 전투모를 쓰고서 이등병들을 인솔하기 시작했다.

대략 1~2분 정도 걸어가 다른 막사들과 떨어져 있는 대대장실 앞에 서게 된 이등병들.

"음, 일단 대대장님한테 전입신고를 해야 하는데, 여기서 누가 한번 해볼래?"

인사장교의 말에 모두가 시선을 회피한다. 누가 스스로 전입신고를 하겠다고 당당히 나서겠는가.

모두가 회피하는 찰나에 인사장교가 한숨을 쉬며 머리를 긁적인다.

"알았다, 알았어. 그럼 거기 이도훈."

"이병 이도훈."

"네가 해라."

"…예, 알겠습니다."

군대는 실력도 있어야 하지만 운도 좋아야 한다. 4분의 1 확률에서 재수없게 딱 걸려 버린 도훈은 속으로 한숨을 내쉬었지만, 그래도 이들 중에서 전입신고 경험자이기도 하니 어찌 보면 도훈이 신고를 하는 것이 현명한 선택일 수도 있었다. 괜히 철수같이 어벙한 애한테 전입신고를 맡겼다가 초반부터 대대장에게 밉상으로 찍히면 무슨 일이 발생할지 모르니까 말이다.

"자, 나를 따라 해보도록."

인사장교가 시범을 보인다.

"태풍! 신고합니다. 이병 누구누구, 동 누구누구(이하 생략) 이상 네 명은 2010년 2월 10일부로 전입을 명 받았습니다. 이에 신고합니다. 대대장님께 대하여 경례! 이렇게 하면 된다. 알겠나?"

"예, 알겠습니다."

"그럼 연습해 보겠다. 일렬로 줄을 맞춰 선 다음 신고 한번 해보자."

"태풍!"

도훈의 말에 따라 열심히 전입신고 연습에 임하는 이등병들. 여러 번 연습하고 전투복까지 깔끔하게 정리한 다음 대대장실 문을 노크하는 인사장교이다.

"들어오도록."

인사장교가 문을 열고 이등병들을 들여보냈다.

연습한 그대로 실시하기 위해 오와 열을 맞춰 신고에 임하게 되는데,

"대대장님께 대하여 경례!!"

"태~풍!!"

우렁찬 도훈의 목소리와 함께 드디어 시작된 전입신고.

"신고합니다! 이병 이도훈!"

"동 김철수!"

"동 김나훈!"

"동 한지우! 이상!"

"이상 네 명은 2010년 2월. 10일부로 28사단 123 포병대대에 전입을 명 받았습니다! 이에 신고합니다! 대대장님께 대하

여 경례!"

"태풍!!"

"음!"

대대장이 힘차게 고개를 끄덕이며 거수경례를 받자 차례로 절도 있게 손을 내린다.

그러자 대대장이 흡족한 웃음을 보이며 이도훈의 어깨를 토닥여 주었다.

"이병 이도훈!"

"자네의 유명세는 훈련소에서 익히 들어 알고 있다네. 수류탄 훈련에서 자살 소동을 막았다지?"

"해야 할 일을 했을 뿐입니다!"

"허허, 이것 봐라? 겸손하기까지 하구만. 인사장교!"

"중위 윤태민."

"전입신고가 아주 마음에 드는구만. 목소리도 쩌렁쩌렁하고 기개가 아주 넘쳐. 근래 받은 전입신고 중 가장 완벽해."

"감사합니다!"

"인사장교는 나가보도록 하고, 이등병들은 의자에 각자 앉도록. 이 대대장이 기분이 참 좋구만. 하하!"

"예!"

진땀을 빼던 인사장교가 잘했다는 듯 가볍게 도훈의 어깨를 두드린다.

간부한테 신고하는 요령 따위는 이미 도훈의 입장에서는

거의 마스터하다시피 했다. 대대장이라 할지라도 말년병장 짬밥이 아닌가. 대대장 앞에서 긴장하며 말을 더듬는 건 짬 안 되는 병사들이나 하는 것이지 도훈에게는 아무런 장애 요소도 되지 않았다.

게다가 이 대대장은 도훈이 신병 때부터 말년병장 시절까지 쭉 이 123대대를 책임질 대대장이기도 하다. 잘 보여서 나쁠 것은 없었다.

대대장과의 첫 대면에 플러스 요소를 딴 도훈은 만족스러운 기분으로 의자에 앉았다.

그때, 기다렸다는 듯 아까 인사장교가 무언가 지시를 내린 일병이 문을 두드리고 들어왔다.

일병이 들고 온 것은 다름이 아닌 피자!

"대대장님, 주문하신 피자 왔습니다."

"테이블 위에 놓게."

"예, 알겠습니다."

일병이 피자를 놓자 이등병들의 눈이 휘둥그레 돌아간다.

분명 퇴소 전에도 면회를 통해서 맛있는 음식을 잔뜩 먹고 왔음에도 불구하고 사회의 음식은 여전히 이들의 입맛을 자극하기에 부족함이 없었다.

"자, 다들 먹어라."

"감사히 잘 먹겠습니다!"

순식간에 피자를 섭취하기 시작하는 이등병들. 도훈도 그

동안 굶주렸던 배를 채우기 위해 피자와 사투를 벌이기 시작했다.

한참 피자를 먹어치우는 와중에 대대장이 이등병들을 보며 말한다.

"그래, 그럼 한 명씩 이 123 포병대대에 전입한 소감을 들어보도록 할까?"

가장 먼저 지목 받은 사람은 다름이 아닌 김철수였다.

순간 머릿속이 하얗게 된 철수. 말재주도 없을뿐더러 사탕발림 발언 같은 경우에는 도훈이 훨씬 압도적으로 좋다. 그런데 왜 하필이면 자신이 첫 타자로 걸린 것인가.

아까도 말했다시피 군대는 운적 요소가 다분히 존재한다. 4분의 1의 확률에서 철수가 먼저 첫 타석에 들어섰을 뿐, 다른 인원도 어차피 대대장에게 전입 소감을 말해야 한다는 건 변함이 없다.

난데없이 피자를 삼키다가 머릿속으로는 전입에 대한 소감을 말해야 한다는 숙제를 부여받은 이등병들의 입맛이 순식간에 뚝 떨어졌다.

반면, 첫 타자로 지목 받게 된 철수는 어쩔 수 없다는 듯 일단 목소리부터 높인다.

"대, 대한민국 최고의 포병대대라고 생각합니다!"

"하하, 녀석, 오버하기는."

분명 과장된 오버 발언이기는 하지만 사탕발림이란 것은

거짓말임을 알면서도 기분을 좋게 하는 효과를 지니고 있다.

대대장도 철수의 말이 빈말임을 알고는 있지만 그래도 기분이 좋은지 연신 고개를 끄덕이며 다른 이등병을 지목한다.

"자네는 어떤가?"

운이 좋게도 도훈은 맨 마지막으로 지목 받게 되었다. 앞에서는 '앞으로 군 생활을 잘해나갈 수 있을 거 같은 부대입니다!' 라든지, 혹은 '부대가 깔끔해서 보기 좋습니다!' 라는 입에 발린 말뿐이었다.

하지만 도훈이 누구인가.

말년병장에 꼬장의 신이라 불리던 사나이다.

'사탕발림이란 이렇게 하는 거다.'

드디어 마지막으로 지목 받은 도훈이 한눈에 봐도 과장된 목소리를 유지하며 말했다.

"대대장님께서 친절하시고 아버지 같으셔서 정말 저는 축복받은 놈이라는 생각이 들었습니다!"

부대 칭찬이 아닌 대대장 칭찬하기!

누가 봐도 이건 아부의 극치를 보여주는 발언이라 할 수 있지만, 그래도 보여주기식의 군대에서는 더없이 좋은 선택이다.

도훈이 철수와 같이 장기자랑에서 우승할 수 있었던 승리의 비결이 무엇인가. 바로 가장 높은 지위의 대대장을 공략했기 때문이다.

그렇다면 이 123 포병대대에서 가장 직급이 높은 사람이 누구인가?

눈앞에 있는 대대장이다. 그렇다면 두말할 필요도 없이 부대에 대한 포괄적인 칭찬이 아니라 대대장이 힘을 써서 관리를 잘해왔기에 부대가 좋다고 해야 한다.

그래야 대대장의 기분을 업시켜 줄 수 있다.

게다가 123 포병대대 대대장은 칭찬에 매우 약한 사람이다. 아부 발언이라 해도 대대장은 쉽사리 기분이 좋아지는 그런 단순한 타입이기도 했다.

진작부터 대대장의 스타일을 알고 있는 도훈이기에 입에 발린 칭찬을 하자 대대장의 기분이 더더욱 좋아진다.

"하하! 이 녀석, 말 한번 참 잘하는구만."

"이병 이도훈!"

"이도훈, 이도훈이라……. 기대하고 있으마. 훈련소에서 떨친 그 명성, 과연 우리 부대에서도 통할지 말이야. 하하!"

"감사합니다!"

대대장의 관심은 절대로 피곤한 게 아니다. 이것은 곧 포상휴가로도 이어질 수 있는 수단이니 말이다.

도훈은 속으로 땡잡았다며 환호성을 지르면서 남은 피자를 우걱우걱 먹어치우는 데 집중했다.

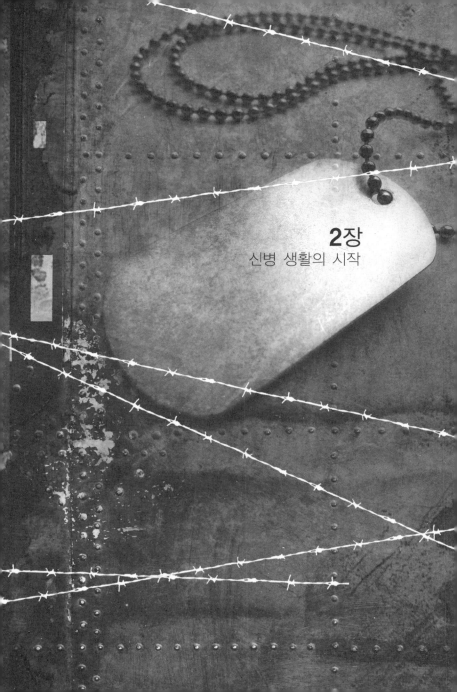

2장

신병 생활의 시작

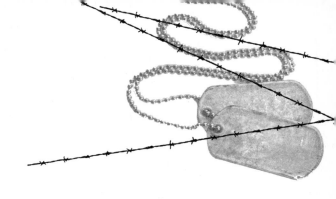

　대대장과의 간단한 간담회를 마치고 난 이후,

　드디어 인사과의 각 부대에서 이등병들을 인솔하기 위해 사병들이 하나둘씩 도착하기 시작했다.

　도훈과 철수와 같이 온 두 이등병은 각각 제2포대인 브라보 포대와 제3포대인 찰리 포대로 전입하게 되었다.

　남은 부대는 본부 포대와 알파 포대.

　"너희 두 명은 말이지."

　인사장교가 컴퓨터에 적힌 내용을 바라보며 말을 잇는다.

　"둘 다 알파 포대로 가면 된다."

　"같은 부대입니까?! 아싸!!"

철수가 환호성을 지르자 인사장교가 어이가 없다는 시선으로 철수를 바라보며 말한다.

"친구랑 같이 가는 게 그렇게 좋나?"

"예, 좋습니다!"

"녀석도 참. 여하튼 군 생활 잘하고, 인사 쪽은 내 담당이니까 만날 기회가 있으면 또 보자."

"예, 감사합니다!"

도훈과 철수가 각자 더블백을 짊어지고 인사과를 나오자, 이들을 인솔하기 위해 간부 한 명과 사병 한 명이 대기하고 있다.

"오, 우리 귀여운 신병들이 여기 있었구만."

하사 한 명이 씨익 웃으며 철수와 도훈에게 인사한다.

"만나서 반갑다. 난 하나포 반장이라 부르면 되고, 앞으로 너희와 같이 군 생활을 하게 될 사람이니까 잘 부탁한다."

"알겠습니다!"

"그리고 이 녀석은 그냥 무시하면 돼. 한가해 보이니까 내가 짐꾼으로 데려왔을 뿐이야."

"하나포 반장님, 너무하십니다. 이래 봬도 선임인데……."

"선임은 개뿔. 일병 찌끄러기 주제에. 너부터 제대로 후임 노릇 하면서 그런 말을 해라."

일병의 머리를 쥐어박으면서 후딱 철수와 도훈의 짐이나 들라고 재촉하는 하나포 반장의 지시에 짐을 든다.

겉으로 보기에는 철수보다 빈약해 보이는데 무거운 군장 두 개를 훌쩍 든다.

역시 포병이라고 해야 하나. 무거운 물건 드는 것만큼은 이미 달인의 수준에 도달한 듯 보인다.

"이등병 둘은 나를 잘 따라오도록."

"예!"

"자, 그럼 가볼까? 앞으로 너희가 근 2년을 보내게 될 제1포대를 향해서."

하나포 반장이 장난기가 가득 담겨 있는 말투로 읊조리며 먼저 앞장선다. 성격은 꽤나 활발하고 명랑한 사람처럼 보인다.

드디어 자대로 향하는 길. 도훈과 철수의 앞에 펼쳐져 있는 길은 과연 고생길인지, 아니면 순탄한 길일지 아무도 알지 못했다.

                    *   *   *

하나포 반장을 따라 도착한 곳은 본부 포대 건너편에 있는 알파 포대의 막사.

오는 도중 거대한 반원의 포상을 본 철수의 눈동자가 휘둥그레진다.

"무지무지 큰 무덤같이 생겼네."

철수의 혼잣말을 듣기라도 한 것일까. 하나포 반장이 킥킥거리며 철수에게 딴지를 건다.

"군대에 저렇게나 큰 사람은 없다."

"……?"

"저건 포상이라는 거야. 우리 부대의 핵심 화력인 155㎜ 견인곡사포를 넣어두고 보관하는 장소라고 할까? 앞으로 네 군 생활에서 어찌 보면 막사 다음으로 가장 많은 시간을 보내야 할 장소일지도 모르는 곳이다. 잘 기억해 둬."

"예, 알겠습니다!"

물론 도훈은 철수와 다르게 포상의 존재를 알고 있다. 명칭도 포상휴가의 포상과 같아서 괜히 설레게 만드는 단어이기도 하다.

어쨌든 포상의 끝에 보이는 거대한 포구의 모습에 철수가 혀를 내두른다. 앞으로 톤 단위의 대포를 자신이 다뤄야 한다고 생각하니 아찔한 모양이다.

하나포 반장의 인솔에 따라 막사에 도착하자, 훈련소 막사에 비해 엄청 허름한 단층 막사가 모습을 드러낸다.

일자형의 막사에 옛날 군대처럼 침상마루로 되어 있는 구조의 막사를 본 철수가 한숨을 내쉰다.

소문으로만 듣던 최신식 막사는 어디로 가고 완전 구식 막사가 이들을 반겼기 때문이다.

아무리 허름하다고 하지만 그래도 이들이 머물 장소이다.

방한을 위해서인지 병사들이 옹기종기 모여서 막사 보수 공사에 여념이 없다.

그중에서 배가 불룩 튀어나와 있는 중년 남성이 한겨울임에도 흰색 반팔티를 걸치고 소리친다.

"야! 이 잡것들아! 망치질도 똑바로 못하냐!!"

"죄송합니다, 행보관님!"

"말년들 당장 불러와! 나 원 참. 짬도 안 되는 녀석들 데리고 보수공사하려니 진행이 안 되는구만!"

옆집 아저씨처럼 어디서나 흔히 볼 수 있는 남성이지만, 군생활 짬밥만 28년 가까이 되어가는 원사 계급의 행보관이다.

짬으로 따지자면 대대에서 넘버 투라 할 수 있을 정도로 막강한 인물이 바로 도훈과 철수의 부대 관리를 담당하고 있는 행정보급관이라는 뜻이다.

한창 보수공사에 여념이 없을 때, 하나포 반장이 작게 휘파람을 불며 조용히 말한다.

"오늘따라 행보관님이 매우 적극적이시네."

"배부른 소리 할 때가 아닙니다, 하나포 반장님. 저러다가는 개인 정비 시간까지 축내서 작업해야 될지도 모릅니다."

"하하하, 그랬지. 우리 행보관님은 작업의 신이라 불릴 정도니까. 웬만한 작업 마무리로는 만족을 못하시거든."

이도훈이 꼬장의 신이라면 행보관은 작업의 신이라 불린다. 황금과 같은 작업 인원 배분 능력과 더불어 마리아나 해구와 비슷한 급의 해박한 작업 경험 능력. 그간의 짬을 통해 다져놓은 다년간의 경력이 행보관을 작업의 신이라 불릴 만한 근간을 마련해 놓고 있었다.

행보관이 저리 일을 시키면 죽어나는 것은 다름 아닌 해당 부대의 사병들이다.

가뜩이나 힘들어 죽을 판국에 작업량이 거의 타 부대에 비해 두 배는 느는 셈이기에 병사들은 죽을 맛을 체험하고 있는 것이다.

게다가 계급도 원사라니, 웬만해서는 덤벼들 엄두가 안 난다.

"태풍!"

"뭐냐, 하나포 반장? 넌 어딜 싸돌아다니다 이제 온 거야, 이 뺀질이 녀석아!"

하나포 반장이 배시시 웃으면서 뒤에 있는 도훈과 철수를 가리킨다.

"오늘 전입해 온 신병 데리고 왔습니다."

"…신병?"

"네, 그렇습니다. 고대하던 신병입니다."

"고대하긴 개뿔. 어쨌든 안으로 들여보내라."

"포대장님은 안 계십니까?"

"타 부대에 잠시 볼일이 있다고 자리 비우셨다. 당직! 당직 나와 봐!"

"예, 행보관님!"

행정실 안에서 부리나케 뛰어오는 당직 사병. 완장을 찬 상병이 다다다 소리를 내며 뛰어오자 행보관이 도훈과 철수를 가리킨다.

"오늘 전입해 온 신병이란다. 네가 행정실에 잘 데리고 있어라."

"어느 분과에 배치하실지……."

"나중에 저녁 식사 집합 때 결정해야지. 아무튼 잘 데리고 있어. 나도 이 작업 마치고 바로 들어갈 테니까."

"예, 알겠습니다!"

완장을 찬 상병이 도훈과 철수에게 행정실 안으로 들어오라고 손짓한다.

잔뜩 긴장한 철수와는 다르게 도훈은 찬찬히 부대의 전체적인 모습을 스캔해 본다.

정확히 표현하자면 앞으로 대략 1년을 머물러야 할 막사의 모습이다.

남은 기간은 이들이 전방에 있는 찰리 포대와 부대 위치를 서로 바꾸기 때문에 알파 포대가 전방으로, 그리고 찰리 포대가 대대로 들어오게 된다.

어차피 떠날 부대인데 뭐하러 열정적으로 작업해야 하는가. 물론 이 당시에는 제3포대를 대신해서 전방으로 나가야 할 포대가 제2포대, 그리고 도훈이 소속되어 있는 제1포대 둘이 경합을 벌이는 중이었다. 결과가 정식으로 통보되지는 않았지만, 여하튼 현재 상황으로는 이들도 어느 부대가 나갈지 모를 것이다.

그럼에도 불구하고 작업의 신이라 불리는 행보관 때문에 이리도 열심히 작업하는 것이다. 한숨 나올 일이지만, 군대가 상식선에서 이해 불가능했던 게 어디 한두 번인가.

행정실로 향한 이들에게 당직 사병이 한숨을 쉬며 행보관의 명 아래 노예처럼 일하고 있는 이들을 불쌍하다는 듯이 바라보고 있다.

"오늘 당직이라 다행이지 잘못했다간 보수 공사에 노동 착취당할 뻔했네."

운이 좋다는 듯이 웃어 보이던 당직이 긴장한 자세로 앉아 있는 철수의 등을 두드리며 말한다.

"그렇게 긴장할 거 없어, 신병. 생각보다 여기 그렇게 무서운 곳 아니니까."

"아, 아닙니다!"

"짜식, 잔뜩 얼어 있는 게 눈에 보이는구만."

상병의 말에 어쩔 줄 몰라 하는 철수지만, 도훈은 한층 여유 있는 표정으로 앉아 있다.

"네가 이도훈이구만."

"이병 이도훈!"

"네 훈련소 일화는 잘 들었어. 사단 전체에 조교의 수류탄 자살 행위를 온몸으로 막아낸 모범적인 훈련병으로 널리 알려져 있거든."

"감사합니다!'

"우리 대대장님도 널 높게 평가하고 있더라. 특 A급 병사가 들어왔다면서 말이지."

웃으면서 편안하게 말하는 상병의 말에 도훈은 감사하다는 말을 연발했다.

도훈의 기억으로는 이 상병은 SIG(Signal), 즉 통신 분과의 분대장으로 알고 있다.

성격도 좋고 인간성도 좋아서 선임이고 후임이고 싫어하는 사람이 없는 그런 병사이기도 하다.

"뭐, 앞으로 잘해보자고. 요즘 군대는 막 굴리고 욕하고 그런 게 없으니까. 선진 병영이래나 어쩐대나, 그런 문화를 정착시키자는 게 요즘 군대의 트렌드거든."

통신 분과 분대장의 말을 경청하던 하나포 반장이 피식 웃으면서 말한다.

"선진 병영 같은 소리 하네. 그럼 뭐하러 소원 수리에 그 많은 이등병의 눈물 젖은 편지가 나오겠냐."

"하나포 반장님, 우리 포대, 이래 봬도 괜찮은 포대 아닙니까."

"그거야 모르지. 다른 포대가 더 살 만한 포대인지."

"신병들 앞에서 벌써부터 불안한 소리를 하시다니……."

"본인 하기 나름이지. 아무튼 나는 포상에 잠시 내려갔다 온다. 사수 애들이 정비 잘하고 있는지 감시하러 가야지."

"예! 수고하시기 바랍니다!"

"너도 당직 잘 서라. 키 오면 후딱 받고."

"넵!"

하사 중에서도 두 번째로 짬이 높은 하나포 반장이지만, 뺀질거리는 스타일이라는 게 문제다. 그래도 도훈의 입장으로서는 반드시 기억해 둬야 할 인물이기도 하다.

왜냐하면 분명 도훈이 알고 있는 미래에는 자신이 하나포로 배정될 것이기 때문이다.

현재 신병이 가장 필요한 분과는 바로 하나포다. 말년병장 한 명과 상병 두 명, 그리고 이병 두 명으로 총 다섯 명밖에 없는 전포 분과이기 때문에 신병이 간절히 필요하기도 했다.

그래서 아마 도훈의 예상으로는 철수도 하나포로 배치 받지 않을까 생각해 본다.

도훈이 2년간의 기억을 가지고 있지만, 어떤 의미로 철수는 이레귤러라 할 수 있다. 본래 도훈이 있던 원래의 차원에서는 철수와 같은 대대가 아니었으니까 말이다.

그래서 철수에 관한 미래라면 도훈으로서도 예측할 수 없다.

아무리 미래가 불투명한 존재라고 하지만, 너무나도 독보적인 이레귤러가 도훈의 바로 곁에 머물 줄이야. 아마 본인도 모를 것이다.

"어디 보자. 분과는… 하나포로 가겠구나. 니들."

통신 분과 분대장도 하나포가 인원이 절실히 필요하다는 사실을 깨달았는지 포대 인원 배치 현황판을 보며 말한다.

"하나포라……. 좋지. 아까 너희도 보았다시피 포반장님도 재미있는 사람이고. 하사인데도 불구하고 병사보다도 더 깐죽거리신단 말이야."

"하하……."

농담이긴 한데 웃어야 좋을지 어떻게 해야 할지 제대로 판단이 안 선 철수가 어색하게 웃는다.

그 상황에서 도훈은 빠르게 부대 배치 현황판을 살펴본다.

이등병으로서 가장 먼저 해야 할 일, 그것이 바로 부대 사람들의 계급과 이름을 전부 외워두는 것이다.

그렇다고 도훈이 이 부대 사람들을 전혀 모른다는 의미는 아니다. 알고 있는 사람들이 대다수지만, 그렇다고 전부 다 제대로 기억하고 있지는 않았다.

간혹 자신의 전투복 상의에 있는 이름표를 손으로 가리고 '내 이름이 뭐게? 맞혀봐라' 하는 짓궂은 장난을 하는 선임도 있기에 도훈은 미리 계급과 이름을 외워두려는 것이다.

반면, 이등병 생활이 처음인 철수는 어리둥절해하며 통신 분대장의 수다에 어울려 주고 있다.

'녀석, 조만간 이름 못 외웠다고 탈탈 털리겠구만.'

도훈이 지끈거리는 관자놀이를 살짝 누르며 철수의 어리바리함에 통탄을 금치 못한다.

어차피 행정실에 있는 동안은 이들이 할 일은 없다. 행보관이나 아니면 포대장이 있어야 간단하게나마 담화를 나눈 뒤 분과 배치를 받는데, 지금은 행보관도, 그리고 포대장도 공석이다.

그렇다면 이등병으로서 남은 일은 하나뿐.

'빠르게 파악해 두자!'

계급의 배치와 인원을 살펴보던 도훈은 한 가지 도움이 될 만한 정보를 습득할 수 있었다.

도훈이 원래 차원에 있던 것과 마찬가지. 즉 2년 전과 다르지 않았다.

철수라는 이레귤러가 등장해서 인원이 다를 수도 있을 거라 생각했는데 2년 전과 똑같은 게 아닌가.

'…이상하네.'

분명 도훈은 미약하지만 어느 정도 인원 현황판에 있는 인원과 자신이 기억하는 인원이 미세하게나마 다르리라고 생각했다. 그게 고작해야 한두 명 정도밖에 되지 않더라도 원래의 차원과 지금의 차원 미래가 다르게 흘러간다는 게 증명되었다면 분명 인원 현황도 달라야 했다.

하지만 소름이 끼칠 정도로 똑같았다.

'우연의 일치인가.'

다른 부대의 인원이 달라졌을 가능성도 있기에 도훈은 그러려니 하고 넘어갈 수밖에 없었다.

　미래가 다르게 흘러간다 해도 꼭 인원까지 달라야 한다는 보장은 없으니까 말이다.

　아니, 오히려 반대로 생각해 본다면 도훈의 입장에서는 환호성을 내지를 만한 결과가 나왔을지도 모른다. 별도로 새로운 인물을 접할 필요도 없이 자신의 뇌리에 저장되어 있는 데이터만으로도 충분히 여기 부대에 있는 선임들을 구워삶을 수 있다는 뜻이 아닌가.

　'긍정적으로 생각하자, 긍정적으로.'

　이것은 기회다. 물론 군 생활을 한 번 더 한다는 일 자체만으로도 끔찍한 재앙이 시작된 셈이지만, 군 생활이 끝남과 동시에 도훈의 시대가 도래할 것이다.

　차원관리자로부터 약속 받은 일생일대의 소원!

　어떻게 사용하느냐에 따라 하늘과 땅 사이만큼 달라지겠지만, 여하튼 다른 사람에게는 주어지지 않는 하늘이 주신 기회를 도훈은 거머쥘 수 있는 것이다.

　한창 혼자서 각오를 다지고 있을 무렵이다.

　"어허……."

　작은 한숨을 내쉬며 드디어 행보관이 전투복을 갖춰 입고 행정실 안에 모습을 드러냈다.

　"아따, 날씨 춥구만. 얼어 디지는 줄 알았네."

구수한 말투를 내뱉으며 전투복 야상까지 챙겨 입은 행보관이 난로 위에 올려 있는 주전자를 살짝 들어 보인다.

종이컵으로 주전자의 내용물을 따르자 누리끼리한 색의 차가 나온다.

"이등병들도 한 잔 마실텨?"

"저는 별로……."

"예, 철수도 마시겠다고 합니다! 물론 저도 마십니다!"

철수의 거절을 단칼에 끊어버린 도훈이 당연히 마시겠다는 듯이 손을 번쩍 든다. 그러자 엄청난 불만을 가득 담은 시선으로 도훈을 노려보지만, 도훈은 오히려 철수에게 멍청한 녀석이라며 핀잔을 보낸다.

"야, 군대에 거부가 어디 있냐. 하라면 하는 거지. 마시라면 마시는 거다."

"…그런 거야?"

"게다가 행보관이잖아. 괜히 거절했다 무슨 일 당할라."

"하, 이놈의 군대는 진짜. 나 저런 거 엄청 싫어하는데."

도훈과 철수의 속삭이는 말을 못 들었는지 종이컵에 칡차를 따라 이들에게 건네준 행보관이 헛기침을 하며 설명을 이어나간다.

"뒷산에서 캔 칡을 우려내면 맛있는 차가 나오지. 젊은 녀석들은 쓰다고 싫다고 하는데 이게 건강에 얼마나 좋은데."

"하하……."

통신 분과 분대장이 어설프게 웃으면서 강제로 칡차를 받고 홀짝홀짝 마신다. 한눈에 봐도 마시기 싫다는 눈치지만, 아직 군 생활이 한참 남은 상병인지라 도훈이 말한 것처럼 행보관이 건네주는 것도 거절하지 못한다.

"어떠냐. 생각보다 달짝지근하지?"

"네, 네, 그렇습니다."

물론 거짓말이다. 하지만 군 생활의 표본이라 불리는 도훈은 싫은 내색 없이 활짝 웃으며 맛있다고 칭찬을 이어간다.

"역시 행보관님입니다. 어떻게 이런 차를 다 생각하신 겁니까? 사회에 있을 때도 칡을 우려내서 이런 맛있는 차를 만들어낸다는 건 생각도 못했습니다."

"짜식, 그거야 기본 아니냐. 예전에는 다들 이렇게 마셨어. 건강에 얼마나 좋은데. 정력에도 좋다고. 여자 친구 있으면 많이들 마셔라."

"많이 마시겠습니다!"

당당하게 여자 친구가 있다고 자랑이라도 하는 것일까. 철수가 연이어 칡차를 마시기 시작한다.

칡차가 정력에 좋다는 건 도훈이나 통신 분과 분대장으로서는 확인할 길이 없다. 여기는 불행하게도 외부와 연결되는 수단이 전화밖에 없으니까 말이다. 사이버 지식 정보방, 소위 말해서 사지방도 없는 이런 구식 막사에서 무엇을 기대하겠는가.

그냥 행보관이 그렇다고 하면 그러려니 하고 넘기는 게 가장 좋다. 물론 이것은 행보관에게만 해당되는 것이 아니다. 가급적이면 계급이 높은 사람들이 내뱉은 말에는 토를 달지 않고 무조건 맞는다고 인식하는 편이 앞으로 남은 군 생활을 편하게 보낼 수 있는 방법 중 하나이다.

　　도훈은 이미 두 번째 되는 군 생활에서 벌써부터 아부성 발언으로 행보관에게 점수를 많이 따놓는다.

　　그래 봤자 말년이 되면 늘 찾는 건 도훈이겠지만 말이다.

　　한창 칡차를 음미하고 있을 무렵, 행정실에서 울리는 키 소리에 당직이 전화를 받는다.

　　"통신보안… 태풍! 상병 최수민… 예, 알겠습니다! 준비시켜 놓겠습니다! 예! 태풍!"

　　"누구한테 온 키냐?"

　　"포대장님이십니다."

　　"그래? 뭐라고 하시든?"

　　"새로 전입해 온 이등병 면담 준비하라고 하셨습니다. 10분 내로 도착하신다고……."

　　"흠, 그래? 그럼 일단 나부터 끝내야겠구만."

　　행보관이 불뚝 튀어나온 배를 몇 번 토닥이더니 도훈과 철수에게 손짓한다.

　　"행보관실로 오도록."

　　"예!"

간단하게 준비를 마친 도훈과 철수가 줍디줍은 행보관실에 들어선다. 협소한 장소에서 각자 재주껏 자리에 앉은 도훈과 철수는 잠시 행보관실을 둘러보게 되는데,

　　'여기도 정말 오랜만이구만.'

　　부대를 이전하게 되면서 대대에 있는 알파 포대 행정보급관실에 오는 것도 실로 오랜만인 도훈으로서는 옛날 생각이 날 수밖에 없었다.

　　물론 친분 있는 장소는 아니다. 하지만 역시나 오랜만이라는 시간적 유예는 도훈의 가슴에 애매모호한 감정의 불을 지폈다.

　　"어디 보자. 한 명은 서울 출신이고 한 명은 청주 출신이구만. 서울 출신이 너냐?"

　　"예, 그렇습니다!"

　　철수가 번쩍 손을 들자 행보관이 혀를 차면서 도훈과 철수를 번갈아 본다.

　　"덩치로 보아서는 니가 지방 출신처럼 보이는데."

　　"하하하……."

　　"서울이면 휴가 나갈 때 편하겠구만."

　　"그래도 연천, 전곡은 집에서 꽤 멉니다."

　　"하긴, 그래도 그게 어디냐. 예전 우리 부대에는 제주도에 사는 놈도 있었다. 휴가 나갈 때마다 고역이라고 맨날 쓴소리를 하더만."

경기도에서 제주도까지 휴가를 나가는 것도 나름 고생길이 아닐까 싶다.

"그래서 이 행보관이 휴가 나가는 길에 1박 정도 붙여주곤 했지. 그 녀석도 전역한 지 꽤 됐구만. 맨날 뺀질거리던 녀석이었는데."

제주도에 사는 선임에 대해서 도훈은 아는 바가 없다. 아마도 꽤나 오래전 이야기지 않을까 추측해 볼 뿐이다.

철수에게 훈련소에서 겪은 불편 사항이라든지 앞으로 군 생활을 하면서 개인에게 적용되는 문제점 등을 물어본 행보관이 이번에는 도훈에게 화살을 돌린다.

"자네는… 어디 보자. 그 유명한 수류탄 사건의 영웅이구만."

"영웅이라니 칭찬이 과하십니다."

"흠. 사단장님께서 자네에게 표창장을 주느냐 마느냐 할 정도였으니까. 만약 통과된다면 정식으로 우리 부대로 사단장님께서 직접 오셔서 상장을 주실 거다."

"…잘 못 들었습니다."

"잘 못 듣긴 개뿔. 젊은 녀석이 벌써부터 귓구멍을 막고 다니냐. 사단장님이 오셔서 직접 표창장을 수여할지도 모른다고."

"……!"

사단장의 방문.

도훈은 나름 타인을 위해 훌륭한 행동을 했다고 스스로 자기만족을 하고 다니곤 했지만, 설마 사단장이 이 부대에 와서 직접 본인에게 표창장을 수여하는 수여식을 갖는다는 건 상상도 못했다.

사단장의 방문만큼 부대가 뒤집어지는 경우가 또 어디 있을까.

대청소는 기본이요, 위병소와 초소까지 먼지 하나 없이 깔끔하게 탈탈 털어야 할 정도로 부산스러운 일이 모두 다 사단장의 방문이라는 원인 때문에 발생하는 결과물이다.

도훈은 졸지에 스스로 위기를 초래하고 만 셈이다.

물론 아직까지 수여식 여부가 통과된 건 아니라고 한다. 하지만 만에 하나 사단장의 방문이 현실로 이뤄지는 순간 재앙을 맛보리라.

'이런 씨발!! 군 생활을 시작하자마자 벌써부터 위기냐!'

속으로 피눈물이 나올 법한 도훈이지만, 그래도 여기서 절망해 봤자 아무런 소용이 없다. 아직 아무것도 확정된 것도 없고, 정식 통보가 나오기 전까지는 어느 정도 기간이 필요할 것이다.

하지만 사단장의 방문을 염두에 두고 있어야 한다는 건 변함이 없다.

차라리 차원관리자들에게 사단장의 방문 시련을 없애 버리도록 부탁할까 생각해 봤지만, 도훈의 입장에서 생각해 봐도 인과율 수치가 10이 넘어갈 것이 뻔하다고 판단했기에 그 냥 입을 다물었다.

"뭐, 그건 그렇고, 일단 면담이나 해보자."

"예."

"건강상 별다른 문제는 없고만. 훈련도 우수한 성적으로 통과했고… 특이 사항으로 조교 자리를 제안 받았다가 거부했다고 적혀 있구만."

"예, 그렇습니다."

"그쪽 훈련소 행보관이 내 밑에서 일했던 녀석이지. 녀석은 사람 보는 눈이 꽤 있어. 그런 녀석이 직접 훈련소 조교를 제안했을 정도면 꽤나 메리트가 있는 제안이라 생각하는데 거절한 이유가 뭔가?"

"이 부대에 오고 싶어서입니다."

"155㎜ 견인곡사포 부대에 오고 싶었다고?"

"예, 그렇습니다!"

"특기병 지원도 안 한 녀석이 이제 와서 이 부대에 오고 싶었다고 말해봤자 전혀 설득력이 없다는 건 본인도 잘 알고 있겠지?"

행보관의 말대로 155㎜는 특기병 지원을 통해서도 올 수 있는 보직이다. 만약 도훈의 말대로 이 부대에 정말로 오고 싶었다면 특기병으로 지원해서 오면 될 일이다.

하지만 도훈과 철수는 일반병으로 지원했다가 포병으로

전입을 받게 된 사례다. 그 말인즉슨 별도로 포병을 지원할 생각이 없었다는 뜻이기도 하다.

뭔가 이해가 잘 안 된다는 얼굴을 하는 행보관이지만 그러려니 하고 넘어간다. 이 부대에 오기 싫었다고 말하는 것보다는 좋은 현상이니까 말이다.

"오고 싶은 부대가 여기였단 말이지. 랜덤으로 자대 배치가 되었을 텐데, 넌 운이 좋은 모양이구만."

"예, 그렇게 생각합니다."

"평생 쓸 운을 군대에서 쓰지 말라고. 앞으로 회사 생활이 힘들 때마다 복권을 사게 될 인생을 살게 될 텐데."

"노력해 보겠습니다."

이미 군대를 한 번 더 체험하게 되는 순간부터 도훈의 운은 바닥까지 떨어지게 된 셈이다. 그 악운을 상쇄시킬 만한 요소라고 한다면 차원관리자가 보장한 소원 카드 한 장이다.

바꿔 말하면 군대를 전역하는 순간 도훈의 성공 인생이 시작된다는 의미이기도 하다.

"한 명은 덩치만 산만 한 녀석이고, 한 명은 속을 알 수 없는 기묘한 녀석이구만. 이번 전입 신병은 뭔가 다른 거 같아."

행보관이 볼펜을 굴리면서 철수와 도훈을 살펴본다.

특히나 도훈은 관심이 갈 수밖에 없다.

분명 이도훈이란 이름의 이등병은 이제 막 전입해 온 신병이다. 그런데 저 여유로운 태도와 더불어 왠지 묘하게 짬밥 내공이 느껴지는 듯한 눈빛까지, 28년 군 생활을 해오며 웬만한 사병은 다 만나본 행보관으로서는 도훈에게 알 수 없는 이끌림을 받고 있었다.

직감적으로 이 녀석이 평범한 녀석이 아니라는 사실을 알아차린 것이다.

28년 짬밥 내공은 절대 무시할 수 없다.

어찌 보면 도훈이 가장 경계해야 할 인물은 바로 행보관일지도 모른다.

"면담은 이 정도로 하자꾸나. 곧 있으면 포대장님도 오실 거 같으니까."

자리에서 일어선 행보관이 다시 목장갑을 주섬주섬 챙기면서 행정실 바깥으로 나갈 준비를 한다.

"최수민."

"상병 최수민."

"포대장님 오시거든 면담 준비 확실히 해두고, 어느 분과에 배치할 것인지 여쭤봐라."

"예, 알겠습니다."

"그럼 난 작업하러 갔다 오마."

"예!"

행보관이 다시 작업을 주도하기 위해 바깥으로 나가고 얼마 지나지 않아 대대장과 마찬가지로 초록색의 견장을 달고 있는 대위가 행정실에 모습을 드러냈다.

자리에서 벌떡 일어나 거수경례를 우렁차게 외치는 통신분과 분대장 최수민과 더불어 얼떨결에 자리에서 일어난 이등병 둘.

"태풍!"

"음. 태풍. 전입 신병들인가?"

"예, 그렇습니다."

"포대장실로 데려오도록."

"알겠습니다."

철수보다도 덩치가 있어 보이는 포대장이 뭔가 위엄 있어 보이는 모습으로 이들을 호출한다.

포대장실은 행보관실에 비해 꽤나 넓은 공간을 자랑하고 있었다. 그래봤자 거기서 거기지만, 그래도 군대에서 이 정도 개인 공간이면 훌륭한 편이다.

행보관과의 면담을 마친 지 얼마 지나지 않아 도훈과 철수는 포대장과의 첫 만남을 갖게 되었다.

"흐음. 김철수, 그리고 이도훈이라⋯⋯."

개인 기록 정보를 열람하던 포대장이 행보관과 마찬가지로 이도훈에게 신경을 집중한다.

"그러고 보니 행보관님한테 들었겠지만, 사단장님 표창장 수여식에 관한 이야기는 알고 있는가?"

"예, 아직 검토 중이라고 들었습니다."

"방금 이 포대장이 사단본부에 갔다 오는 길인데, 자네의 표창 수여식이 확정되었네."

"......!!"

잠시 쇼크를 일으키던 도훈의 뇌세포가 일시적으로 기능을 정지한다.

이것이 말로만 듣던 머리가 하얘지는 현상.

태어나서 처음 겪어본 도훈은 순간 할 말을 잃고 말았다. 최악의 재앙이라 불리는 사단장의 방문이 결국 현실화되어 버린 것이다.

'이런 빌어먹을 군 생활!!'

사단장의 방문이라는 시련이 설마 자대 입대하자마자 발생하게 될 줄은 도훈의 입장에선 꿈에도 몰랐다.

물론 목적이 도훈의 표창장 수여라고는 하지만, 사단장이 부대에 방문한다는 사실은 일반 사병에게 있어서는 치가 떨리는 행사가 아닐까 싶다.

특히나 사단장과 직접 대면해야 하는 도훈에게는 시련 of the 시련이 시작되었다는 뜻이기도 하다.

'어쩐지 부대 사람들이 왜 이렇게 정성들여 막사를 정비하나 했더니만 이런 이유에서였구만.'

이제야 풀리지 않은 미스터리를 푼 도훈은 깨달음의 경지에 이르게 된다. 그렇다면 부대 내에 있는 선임들이 도훈을 못마땅하게 볼지도 모른다.

하필이면 이제 막 전입하게 된 신병 때문에 졸지에 생각지도 않은 부대 정비를 하게 되었으니 말이다.

초장부터 좋은 이미지를 획득해서 편안한 군 생활을 꾸려 나가려 하던 도훈의 계획이 사단장 방문이라는 라이트 펀치 한 방에 그대로 무너져 내린 것이다.

'운도 지지리도 없지.'

물론 표창장을 받게 되면 그에 따른 포상휴가가 연이어 따라오게 된다. 하지만 고작 포상휴가 한 번으로 자대 전입하자마자 선임들에게 안 좋은 이미지를 받게 될 수도 있다면 도훈은 차라리 표창장을 반납하고 싶은 기분이다.

"뭐… 어쨌든 표창장 건수에 대해서는 그렇게 알고 있으면 되고."

상세 기록 사항을 보던 포대장과 주고받은 말은 행보관실에서 행보관과 나눴던 내용과 별반 다를 것이 없었다.

그래도 포대장의 입장에서는 이번에 전입해 온 신병이 어떠한 성향의 사람이고 훈련 간에 어떠한 문제가 있는지 미리 파악해 둬야 미연에 방지할 수 있기에 결코 빼놓을 수 없는 것이 바로 신병 면담이다.

가볍게 면담을 마치고 나서 포대장실 밖으로 나온 이들. 어느새 시간은 저녁 먹기 일보 직전이다.

이미 연병장 바깥에는 식사 준비를 마치고 식사 집합을 한 상태였다. 바깥을 바라보던 포대장이 짧게 혀를 차면서 당직을 맡고 있는 최수민을 호출한다.

"최수민!"

"상병 최수민!"

"저녁 식사 전에 분과를 배정해 주려 했지만… 어쩔 수 없지. 일단 수민이 네가 신병들 데리고 밥 먹이고 와라."

"예, 알겠습니다."

최수민이 잠시 행정실 바깥으로 나가서 숟가락 세트를 가져온다. 그러자 도훈이 재빠르게 손을 내밀며 수민에게 말한다.

"최수민 상병님, 제가 들겠습니다."

"마음은 고맙지만 아직 분과 배정도 안 된 신병을 내 후임 다루듯이 하면 선임들에게 쓴소리 들을지도 모르니까 그냥 내가 들고 갈게."

"하지만……."

"괜찮다니까 그러네."

수민이 환하게 웃으며 도훈의 어깨를 토닥여 준다.

역시 도훈이 알고 있는 과거의 기억대로 최수민이란 녀석은 굉장히 착한 선임이다.

도훈의 기억에 몇 없는 천사 같은 선임 중 하나가 바로 최수민. 통신 분과 분대장에 스트레스 받는 일도 많을 터인데 최수민은 딱히 후임들에게 쓴소리도 안 하고 좋은 말로 해결하는 그런 사람이었다.

물론 후임의 입장에서 보자면 이런 천사가 또 없을 것이다.

하지만 선임의 입장에서 보자면 군기가 애매모호해지는 수민의 태도를 보고 좋게 생각할 수 없다.

선임들에게 필요한 것은 자신을 대신해서 군기를 바짝 잡아줄 수 있는 호랑이 같은 녀석이다. 즉, 선임을 대신해서 악역을 자처할 만한 그런 성격의 녀석이 선임들에게는 A급 후임이라고 할 수 있었다.

군대에서는 선임이 절대 법이다. 간부들보다도 어찌 보면 같은 내무반에서 생활하는 선임이 더 무섭고 영향력이 많을지도 모른다.

어쨌든 결국 최수민의 일이지 도훈의 일이 아니기에 도훈은 머릿속을 금세 비우고 철수와 나란히 밥을 먹으러 갔다.

123 포병 대대는 간부 식당을 제외하고는 식당이 하나이기에 모든 대대가 내려와 식사를 하게 된다. 본부 포대와 제1포대, 그리고 제2포대, 이렇게 세 개의 포대가 한자리에 모이게 되는 시간이 바로 식사 시간이기도 하다.

현재 제3포대인 찰리 포대는 전방으로 부대를 배치 받은 상태이기에 이들은 따로 전방에 있는 식당에서 식사를 하게 된다. 앞으로 도훈이 속해 있는 제1포대가 겪게 될 일상을 제3포대가 미리 하고 있는 것이다.

"자, 여기 숟가락."

최수민이 건네준 숟가락 통에서 가장 깔끔해 보이는 숟가락을 하나씩 고른 철수와 도훈. 그러자 수민이 웃으면서 말한다.

"그게 앞으로 너희와 2년을 같이 동고동락하게 될 숟가락이니까 잘 보관해 둬. 행정실에서 나중에 이름표 뽑아줄 테니까 숟가락에 붙여놓으면 돼."

"예, 알겠습니다!"

"그럼 밥이나 먹으러 가자. 어디 보자. 오늘은… 오, 불고기네."

최수민이 콧노래를 부르며 앞장서자 도훈과 철수도 뒤를 따른다.

많은 양을 기대하진 않지만 수민이 불고기 배식을 하고 있는 취사병에게 다가가 친한 듯 말을 건다.

"오늘 새로 전입 온 신병이니까 불고기 좀 많이 줘라."

"허! 최수민 상병님 후임입니까?"

"그건 아니고, 하나포로 배정될 거 같은데, 어쨌든 같은 부대 선임이잖아. 불고기라도 많이 먹게끔 해줘야지."

"예, 알겠습니다. 더 주는 거야 어렵지 않습니다. 하하!"

일병 계급장을 달고 있는 취사병이 넉살좋은 웃음을 보이며 도훈과 철수의 식판 한 칸에 수북이 불고기를 쌓아준다.

"많이들 먹어라. 난 자주 볼 일 없겠지만 이래 봬도 너희랑 같은 포대라고."

"예, 감사합니다!"

"나중에 우유 남는 거 있으면 줄 테니까 일단 불고기라도 많이 먹어둬라. 오늘은 특별히 맛있게 됐으니까."

"예!"

철수의 눈동자가 급격하게 빛나기 시작한다. 덩치에 어울리지 않는 체력을 가지고 있지만 덩치에 어울릴 만한 먹성은 지니고 있기에 수북이 쌓여 있는 불고기에서 쉽사리 시선을 떼지 못한다.

반면, 도훈은 기름 덩어리 불고기를 보며 탄식을 자아낸다.

'도대체 어디가 잘됐다는 거냐.'

도훈도 방금 수민이와 대화를 나눈 취사병에 대해 잘 알고 있다. 둘포 소속으로 취사병으로 일하고 있기에 같은 부대임에도 거의 만날 기회가 없다.

그래서 처음에는 도훈도 저 취사병이 타 부대 사람인 줄 알았지만, 시간이 지나고 나서 같은 부대 사람임을 알게 되었다.

남들보다 한두 시간 먼저 일어나서 식당으로 가 취사병 일을 하고, 돌아오는 시간도 매번 늦기 때문에 거의 만날 일이 없었다.

작은 탁자에 앉은 수민과 철수, 그리고 도훈. 전투모를 벗고 식사를 하기 전에 도훈이 빠르게 외친다.

"식사 맛있게 하시기 바랍니다!"

"어, 맛있게 먹어라. 그런데 내가 식사 자리에서 먼저 선임에게 그렇게 말하라고 알려줬던가?"

고개를 살짝 기울이며 의문을 표시하는 최수민의 반응에 도훈은 속으로 아차 싶었다.

습관적으로 튀어나온 버릇. 다른 부대는 모르겠으나 이 123 포병대대에서는 선임과 식사를 하기 전에 먼저 선임에게 식사 인사말을 건네는 게 전통이다.

그 행동을 무심코 해버린 도훈이기에 최수민의 궁금증을 자아낼 수밖에 없었다.

"주변에서… 그렇게 하는 걸 보고 저도 따라 해봤습니다! 하하하!"

"그래? 눈치가 좋은 녀석이네. 보통은 아무런 말 없이 먼저 숟가락부터 뜨는 신병이 대부분인데."

그 대부분 중 하나에 속하는 철수가 뜨끔했는지 가장 먼저 불고기 한 숟가락을 뜬 손을 다시 내려놓으며 식은땀을 흘린다.

그러자 최수민이 피식 웃으면서 철수에게 괜찮다는 식으로 말한다.

"농담한 거야, 인마. 괜히 주눅들 거 없어."

"죄, 죄송합니다!"

"죄송할 게 뭐 있어. 내가 안 알려준 것뿐인데. 어쨌든 앞으로는 같은 분과 선임이랑 식사하게 될 테니까 잘 알아두면 돼."

"예, 알겠습니다!"

눈치 좋은 도훈의 센스 플레이 덕분일까. 최수민 상병은 크게 나무라지 않고 식사를 재촉한다.

모두가 산처럼 쌓여 있는 불고기 산을 정복하기 위해 열심히 숟가락질을 하기에 여념이 없다. 식판은 어느새 기름투성이가 되어 나중에 세척하는 데에 애를 먹을 것이란 사실을 여실히 보여주고 있었지만, 식욕 앞에서 그게 무슨 소용인가. 일단 먹고 보는 게 최고다.

*　　　*　　　*

식사를 마치고 나서 식판을 세척한 이후 식당 바깥으로 나오자 최수민이 이들을 데리고 간 곳은 막사가 아닌 자판기가 나열되어 있는 어느 한 공간이었다.

팻말에는 휴식터라고 쓰여 있지만, 자판기 두세 대와 의자 한 개가 전부인 장소였다.

자판기에 동전을 넣던 최수민이 도훈과 철수에게 자판기를 가리키며 말한다.

"마시고 싶은 음료 있으면 뽑아 마셔. 탄산밖에는 없지만."

"그럼 전… 콜라 하겠습니다."

철수가 먼저 콜라 버튼을 누르자 종이컵에 얼음과 함께 콜라가 쏟아져 나온다. 고작 200원밖에 안 하는 자판기임에도 불구하고 얼음에 콜라까지 나오다니. 바깥에서는 볼 수 없는 신기한 광경에 철수는 할 말을 잃고 만다.

게다가 200원짜리치고는 양도 꽤 많다.

얼음 덕분에 많아 보일 수도 있지만 컵의 크기도 꽤 클뿐더러 시원하기까지 하니 말 그대로 금상첨화가 따로 없다.

"크, 좋다!"

탄산을 한 모금 마신 철수가 반사적으로 구성진 탄성을 자아내자, 도훈이 어이가 없다는 듯이 바라본다.

"누가 보면 탄산 처음 마시는 줄 알겠다."

"그래도 오랜만에 마셔보는 탄산인데 기쁘지 않을 리 없지."

그 심정도 이해가 안 되는 것도 아니다.

군대에서는 맛보고 싶은 것도 통제한다. 가장 기초적이자 본능적인 것조차 통제하는 이곳이기에 이들은 콜라 한 잔에도 행복감을 느낄 수 있는 것이다.

PX라는 곳이 있긴 하지만 편의점처럼 가고 싶을 때 갈 수 있는 장소도 아니다. 오로지 개인 정비 시간에만 갈 수 있는 마법 같은 장소이기에 이들은 본의 아니게 관물대에 들키지 않게끔 몰래 음식물을 쟁박아두는 그런 불편한 과정을 겪어야 한다.

게다가 쟁박아놓은 음식물을 행보관에게 들키기라도 한다

면 바로 무슨 욕을 들을지 모른다. 욕을 듣는 것으로 끝나면 다행이지, 부대 대청소라도 하는 날에는 휴일이 통째로 날아갈지도 모른다.

도훈이 배정 받은 제1포대 행보관은 작업의 신이자 동시에 청결의 신이기도 하다. 음식물이 걸리기라도 한다면 바로 대청소행이기에 조심해야 한다.

"다 마시면 저기 옆에 있는 재활용 쓰레기통에 넣어둬."

"알겠습니다."

이미 수북이 쌓여 있는 종이컵더미. 단것이 담겨져 있던 쓰레기인지라 개미들이 수북 쌓여 있는 종이컵들을 왔다 갔다 하고 있다.

산골짜기의 개미들이라서 그런 것일까. 덩치도 엄청 크다.

"외관상 보기 징그러운 광경이구만."

철수가 혀를 내두르며 종이컵을 투척한다. 도훈도 꽤나 많이 보아온 장소지만, 식사 후 맨 정신으로 볼 만한 광경은 아니라는 사실은 인정하고 있다.

컵을 처리하고 나서 다시 막사로 올라온 이들.

행정실에서 대기 중이던 포대장이 도훈과 철수를 부른다.

"일단 전입신고부터 먼저 하고 너희 둘은 하나포로 배정될 예정이다. 신고는… 도훈이가 해볼까."

"이병 이도훈!"

또 선택을 받고 말았다. 아까도 대대장 신고에서 4분의 1의

확률을 뚫은 사나이지만, 이번에는 2분의 1 확률을 뚫은 사나이가 되었다.

왜 매번 이렇게 신고 운이 없을까 속으로 투덜거리던 도훈이 가볍게 신고에 임한다.

"포대장님께 대하여 경례!"

"태풍!"

도훈의 외침에 철수도 거수경례를 하자, 포대장이 고개를 끄덕이며 마주 거수경례를 해준다.

"신고합니다. 이병 이도훈!"

"동 김철수. 이상!"

"이상 두 명은 2010년 2월 10일부로 123 포병대대 제1포대 전입을 명 받았습니다! 이에 신고합니다! 포대장님께 대하여 경례!"

"태풍!"

나름 깔끔하게 전입신고를 마친 도훈과 철수에게 포대장이 주머니 속에서 주섬주섬 무언가를 꺼내 든다.

'설마!'

자신의 눈을 의심하고 싶은 도훈이 제발 그것만은 주지 말라는 듯 애원의 눈빛으로 포대장을 바라보지만 도훈의 속마음을 알 리가 없다.

포대장이 꺼낸 것은 바로…….

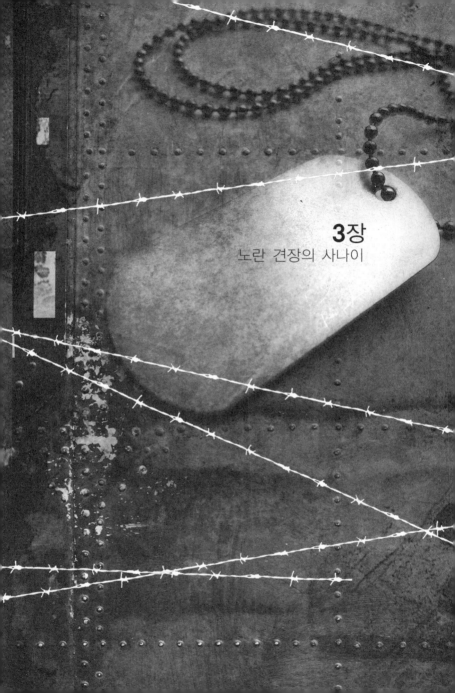

3장
노란 견장의 사나이

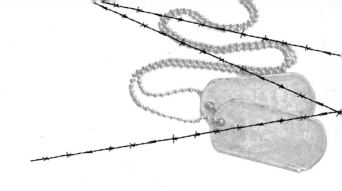

　포대장의 주머니 속에서 등장한 그 무언가를 보고 도훈은
속으로 비명을 지를 수밖에 없었다.

　'아, 내가 여기까지 타락했구나!'

　어찌 보면 훈련병이라는 계급보다도 더 달기 싫은 바로 그
'노란 견장'이 도훈과 철수의 어깨에 걸리는 순간이기 때문
이다.

　철수는 이게 뭐냐며 신기하다는 듯이 매만지지만 도훈은
죽고 싶은 심정이다.

　아마 도훈이 군 생활을 하면서 가장 쪽팔리는 순간이 아닐
까 싶다.

"이제부터 자네들은 2주 동안 대기 상태라는 것을 알리는 일종의 표식이라네. 이걸 끼고 있는 동안은 근무도 면제일뿐더러 특별히 행보관을 비롯해 간부들의 관심을 받을 수 있지."

　그 관심이 결코 좋은 의미의 관심이 아니라는 사실은 이미 도훈은 너무나도 잘 알고 있다.

　한마디로 그냥 햇병아리라는 뜻이다. 일명 '병아리 견장'이라고 불릴 정도니까 말이다.

　노란색의 견장에 새겨진 스마일 표시가 도훈의 마음을 더더욱 무겁게 한다. 차라리 초록색 견장은 간지라도 나지, 노란색 햇병아리 견장이 무슨 소리란 말인가.

　꼬장의 신이라 불리던 도훈의 체면을 순식간에 바닥 밑까지 떨어뜨리는 이 노란 견장의 위력에 새삼 놀랄 수밖에 없었다.

　그때, 행정실에 발을 들여놓는 또 다른 인물이 있었다.

　"태풍! 일병 한수, 행정반에 용무 있어 왔습니다!"

　"오, 한수. 축하한다. 후임이 순식간에 두 명이나 들어오고."

　최수민이 순식간에 한수의 목을 팔로 걸며 축하인지 아니면 고문인지 모를 반응을 선보인다. 그러자 한수가 어색하게 웃으면서 수민의 헤드록에서 빠져나온다.

　"이제부터 챙겨야 할 후임이 두 명이나 늘었는데 결코 축하할 일은 아니라고 생각합니다."

"야, 인마, 처음에는 다 그렇지. 나중에 키우고 나면 편해진다고."

후임은 키우는 것이 어렵지 키우고 나면 편하다. 그런 면으로 따지자면 최수민의 말이 맞을지도 모르지만, 문제는 잘 컸을 때 해당되는 말임을 잊지 말아야 한다.

분명 도훈은 특 A급 병사임에는 틀림이 없다. 여기 있는 제1포대 사병 중에서도 가장 짬밥이 높으며 작업 능력도 작업의 신이라 불리는 제1포대 행보관의 밑에서 배웠기 때문에 웬만한 작업은 다 소화가 가능하다. 심지어 공병이 몸 상태가 좋지 않을 때 도훈이 도맡아 한 적도 있을 정도다.

게다가 제초 작업은 물론이요, 제설 작업, 배수로 작업, 기타 등등 안 해본 작업이 없어서 분명 한수에게는 도움이 될 것이다.

하지만 문제는 철수다.

'어리바리한 녀석이 한 명 있구만.'

한수가 도훈과 철수를 한눈에 보고 느낀 인상이다. 도훈은 딱 봐도 뭔가 여유가 느껴지는 것이 평범한 신병은 아니란 생각이다. 심지어 도훈이란 녀석은 훈련소에서 수류탄 사건을 막은 훈련소의 영웅이지 않은가.

그러나 철수란 녀석은 덩치에 비해 뭔가 하는 행동이 어수룩하다. 물론 일반적인 신병의 반응이라 할 수 있지만, 아무래도 이도훈이라는 인물과 붙어 다니기 때문에 비교가 되어서 유독 철수의 어수룩함이 더 티가 나는 경우일 수도 있다.

"이쪽은 앞으로 하나포에서 자네들을 가르칠 한수 일병이라고 한다. 밑에서 잘 보고 배우도록."

"예, 알겠습니다!"

포대장의 명에 따라 한수가 도훈과 철수를 데리고 1생활관으로 향한다.

제1포대는 1생활관, 그리고 2생활관으로 나눠져 있다. 1생활관은 하나포부터 여섯포까지 전포 인원이 생활하고 있는 장소이고, 2생활관은 전포 인원이 아닌 비전포 인원이 생활하는 장소이다. 2생활관에는 사격 지휘, 통신, 수송, 행정이 모여 있다.

1생활관으로 들어서자 내무반에 있던 병사들의 눈이 순식간에 도훈과 철수에게로 쏠린다.

마침 가요 프로그램이 하고 있었기에 그나마 관심을 덜 받았지만, 군대라는 곳은 매번 신병이 전입해 올 때마다 새로운 신선함을 제공해 준다.

"이야~ 신병이잖아!"

깔깔이 차림으로 건들거리는 태도를 유지하며 한 병사가 한눈에 봐도 말년이라는 티를 내며 도훈과 철수에게 다가온다.

한수가 관물대를 지정해 주며 더블백과 군장 정리를 도와

주고 있을 무렵, 말년이 다가와 도훈을 툭 건드리면서 말한다.

"어이, 신병."

"이병 이도훈!"

"네가 훈련소에서 그 유명한 이도훈 씨구만. 네 덕분에 우리가 주구장창 부대 관리를 하고 있잖아. 본의 아니게 민폐라고 생각하지 않냐?"

"…죄송합니다!"

이도훈이 우려하던 일이 발생하기 시작했다.

사단장의 방문이라는 초유의 사태는 다 이도훈이 초래한 일이다. 물론 이도훈이 나쁜 짓을 한 것은 아니지만 말년을 곱게 보내고 싶어하는 병장들의 심기를 건들인 것은 틀림없는 사실이다.

말년들의 꼬장!

이도훈 본인도 자주 해봐서 아주 잘 아는 행태다. 더욱이 지금 도훈에게 말을 걸어오는 인물은 도훈의 기억으로는 아마 한 달 뒤에 전역하는 자다. 이름도 제대로 떠오르지 않지만, 솔직히 도훈의 입장에서는 별로 새겨두고 싶지 않은 인물일뿐더러 부대 내에서도 별로 좋은 평가를 받고 있지 못했다.

매번 후임을 괴롭히는 일을 취미로 하고 있으며, 후임들에게도 최악의 선임이라 평가 받고 있다.

도훈은 꼬장의 신이라 불렸지만 그래도 정이 많은 남자였다. 자신에게 매번 딸려오는 포상휴가를 후임들에게 주기도 했으며, 꼬장을 많이 부리기는 했지만 부대 내의 분위기가 침체되어 있을 때는 일부러 분위기를 살려주는 분위기 메이커 역할도 했다.

목적이 있는 꼬장을 부리던 도훈이지만, 지금 말을 걸어오는 병장은 목적이 없는 꼬장이다.

한마디로 추함의 신이라고 평가하고 싶을 정도였다.

"야, 한수, 이 녀석한테 우리가 오늘 고생했던 거 똑바로 알려주라고. 가뜩이나 말년 포상도 잘려서 짜증나 죽겠는데."

"…알겠습니다."

한수의 표정이 살짝 굳기 시작한다. 그와 동시에 얼어버린 철수의 동공이 크게 흔들린다.

순식간에 험악해진 생활관 분위기 속에서 어떤 반응을 보여야 좋을지 몰라 하는 이들에게 누군가가 과장된 웃음을 선보이며 다가온다.

"어허, 왜 그래? 괜히 생활관 분위기 이상하게 만들고."

같은 병장 계급을 달고 있는 인물이 말년의 어깨 위에 손을 올리며 말한다.

"너무 우리 후임들 괴롭히지 마. 처음부터 주눅 들게 하면 안 되잖아. 그렇지?"

"…아무튼 교육 똑바로 시켜라. 괜히 불똥 튀게 하지 말고."

"응, 알았어. 형도 말년엔 떨어지는 낙엽도 조심하라고. 하하하!"

"짜식. 알았다."

말년이 씩 웃으면서 병장의 옆구리를 툭 치고 다시 가요 프로그램을 보기 위해 TV 앞에 눕는다.

전투모를 벗으며 침상 마루에 걸터앉은 병장에게 한수가 작게 한숨을 쉬며 말한다.

"감사합니다, 김대한 병장님."

"뭐 이런 걸 가지고. 우리 분과 후임 괴롭히는 못된 악당은 내가 책임지고 보호해 줘야지. 안 그래?"

김대한 병장이 살짝 윙크하면서 웃음기 가득한 미소를 선보인다.

드디어 등장이다. 도훈이 가장 좋아하던 선임이자 동시에 전역을 하면서도 계속해서 연락을 주고받고 싶었던 선임.

김대한 병장. 그는 현재 하나포 분대장을 맡고 있으며, 이번 달에 막 병장을 단 물병장이기도 하다. 하지만 워낙 성격이 좋고 대인관계도 나쁘지 않아 방금처럼 성격 나쁜 말년들과도 이미 형 동생 하며 지내는 사이가 되었다.

약간 게으른 면도 있지만, 그래도 방금 도훈에게 말도 안 되는 시비를 걸던 말년에 비해선 좋은 사람이다.

참고로 게임을 굉장히 좋아해서 게임 이야기만 해주면 주구장창 게임에 대해 토론을 할 정도였다.

"너무 신경 쓰지 마, 신병들. 군 생활 다 그런 거 아니겠어?"

김대한이 침상 마루에 드러누우며 말하자 도훈이 고개를 끄덕이며 말한다.

"신경 써주셔서 감사합니다, 김대한 병장님."

"뭐, 훈련소에서 사고 저질러서 사단장님이 오시는 것도 아니고, 다른 훈련병들을 위해 숭고하게 희생했는데 그걸로 괜히 자대에 와서까지 구박 받으면 억울하잖아? 난 적어도 네가 나쁘다고 생각하지는 않는다고."

"예."

"그러니까 방금 그 일은 잊어버리고, 한수 너도 이등병들 신경 써주면서 해라. 내일은 내가 애들 데리고 PX라도 갔다 올 테니까."

"알겠습니다."

한수도 이제야 안도의 한숨을 내쉰다. 일병으로서 말년에게 신병들을 보호해 주기 위해 뭐라 말을 하고 싶어도 말도 못하는 게 바로 짬밥 차이 아닌가. 그나마 김대한 같은 병장이 말을 해줬기에 사태가 원만하게 해결될 수 있었다.

도훈과 철수는 모르겠지만 이들이 오기 전에 김대한은 미리 1생활관에서 괜히 사단장 표창 수여식 가지고 자신의 신병에게 불평불만 토로하지 말라고 단단히 교육시켜 놨다. 물론 김대한 위의 병장들에게는 통하지 않을 이야기지만, 생활관 짬밥 서열에서 꽤나 높은 축에 속하는 김대한이기에 대부분의 사병은 도훈에게 방금과 같은 불만을 가지고 시비를 걸진 않은 것이다.

이래서 선임을 잘 만나야 한다.

도훈의 군 생활 철칙 중 하나이기도 하다.

*　　　*　　　*

잠시 안 좋은 일도 있었지만, 여하튼 드디어 자대에서 맞이하게 되는 첫 번째 점호가 시작되었다.

도훈과 철수, 그리고 이들의 맞선임인 한수와 더불어 김대한 병장과 상병 둘이 하나포를 구성하고 있는 인원이다.

"여기 계신 이분은 안재수 상병님, 그리고 이분은 김범진 상병님이다. 잘 기억해 둬."

"예, 알겠습니다!"

도훈과 철수가 우렁차게 대답하자, 김범진이 밝게 웃으며 신병들의 팔을 툭툭 건드린다.

"앞으로 잘해보자."

"예!"

철수보다도 키가 훨씬 큰 김범진. 도훈 못지않게 손재주가 좋고 특히나 선임들에게 인기가 많은 남자다. 제법 잘생긴 탓에 인기가 있는 상병이다.

김범진과 동기인 안재수 역시도 딱딱한 웃음으로 이들을 맞이한다.

"잘 부탁한다."

"예, 잘 부탁합니다!"

김범진과 동기인 안재수. 외향적으로 나도는 김범진과는 다르게 안재수는 내향적이며 학력도 좋은 모범생이다. 말재주가 없는 게 단점이지만, 군대 내에서는 브레인을 맡고 있는 인물이기도 하다. 머리 쓰는 일이나 대회 같은 경우가 생기면 언제나 안재수가 나서곤 했다.

한쪽은 몸 쓰는 일에 특화된 상병이고, 한쪽은 머리 쓰는 일에 특화된 상병이다. 그리고 이 둘을 적절하게 잘 배합해 놓은 것이 바로 한수다.

부대 내에서도 A급 사병이라는 소리를 듣고 있으며, 노가다나 운동도 잘하는 편이다. 안재수만큼은 아니지만 두뇌 회전도 빨라 습득 능력도 빠르다.

이런 인원이 모여 있는 하나포로 최정예 소리를 듣고 있지만, 매번 인원 부족에 허덕여 문제를 겪고 있었다. 그런데 드디어 철수와 도훈이라는 인물이 전입해 오면서 인원 부족이라는 단점이 해소된 것이다.

"대대로 우리 하나포는 A급 병사들 출신이었지."

김범진이 싱글벙글 웃으면서 말을 이어간다.

"우리 선임들도 다른 분과에 비해서 사수나 부사수나 뛰어났고, 방열 속도도 다른 분과에 비해서 엄청 빠르지. 물론 지금도 마찬가지이지만 말이야."

"예……."

"우리 하나포 반장님은 그런 것에 전혀 욕심이 없는 사람이지만, 그래도 우리는 A급 분과라는 소리에 굉장히 신경을 쓰고 있지. 이번에는 어떨지 모르겠지만 적어도 철수 너는 내 쪽 라인인 거 같다."

"가, 감사합니다!"

산만 한 덩치의 철수, 그리고 멀대같은 키의 김범진. 이 둘이 뭉치면 몸 쓰는 일 하나만큼은 다른 분과가 넘보지 못할 것이다.

여기에 한수의 서포터까지 합하면 말 그대로 무적의 포반. 안재수의 뛰어난 브레인 플레이로 인한 사수까지 곁들이면 결점이 없는 최강의 분과가 탄생할 것이다.

하지만 김범진은 철수가 힘만 무진장 세고 체력은 저질이란 사실을 이때 당시에는 몰랐다.

*   *   *

"점호 10분 전!"

"점호 10분 전!"

자대에서의 첫 점호가 다가오는 와중에 하나포 인원들을

향해 질문세례가 쏟아지기 시작했다. 특히나 주류를 이루고 있는 것은 바로 수수께끼의 그것.

"한수."

"일병 한수."

"너희 신병들, '그거' 준비시켰냐?"

"준비는 안 시켰습니다만, 충분히 소화할 수 있을 거라 생각합니다."

"오, 자신만만한데?"

아까 도훈에게 껄렁거리며 시비를 걸던 말년이 다가와 기대한다는 듯한 표정으로 도훈과 철수를 바라본다.

철수는 저들이 무슨 대화를 하고 있는지 영 알 수 없다는 표정을 지어 보이고 있지만, 도훈은 대략적으로나마 이들이 자신들에게 무엇을 시킬지 알고 있다는 얼굴로 남들이 눈치채지 못하게끔 작게 한숨을 내쉰다.

보나마나 뻔하다.

도훈이 자대로 전입해 오자마자 했던 가장 큰 행사. 그리고 무엇보다도 이등병으로서 선임에게 얼마나 자신의 존재감을 각인시키느냐 하는 것이 달려 있다.

결코 무시할 수 없는 자대 전입 첫 번째 이벤트!

"넌 뭔지 알고 있어?"

철수가 귓속말로 도훈에게 정보를 요구한다. 분명 자신과 같이 전입해 오게 된 신병이지만, 도훈은 신기하게도 군대에 관한 거라면 다 알고 있는 달인의 경지에 도달해 있다. 그래서 이번에도 철수는 도훈도움센터에 도움을 요청한 것이다.

그리고 철수의 예상대로 도훈은 아주 가볍게 점호 5분 전이라는 방송 안내에 따라 말해준다.

"장기자랑이다."

"자, 장기자랑!!"

그렇다. 자대에 오면 첫 번째 점호 시간에 하는 이벤트 중 흔하지만 어찌 보면 가장 기본적인 행사라고 할 수 있는 전입신병 자대 이벤트라고 당당히 말해도 손색이 없다.

"좋아, 그렇다면 또 나의 구수한 트로트로……."

"병신아, 그건 안 통하니까 하지 마라."

"…뭐?!"

도훈의 갑작스러운 장기자랑 사형선고에 당황한 철수가 말도 안 된다는 듯이 다급하게 말한다.

"그, 그래도 천둥인의 밤 장기자랑 1위를 먹은 노래인데?!"

"내가 저번에 말한 것은 귓구녕으로 들었냐, 똥구녕으로 들었냐? 분명히 알려줬잖아. 장기자랑은 오로지 높은 사람에게만 통하는 장기를 선보이는 거라고."

"그래서 이번에도 트로트를……."

"오늘 당직사관을 맡게 된 중사님이 가장 높은 계급이잖아. 그리고 자대 내에서 자체적으로 하는 장기자랑 같은 경우에는… 그러니까 공식 장기자랑 행사가 아닌 이렇게 사적인 장기자랑 행사에서는 다수의 선임들에게 점수를 따두는 것이 훨씬 좋다고. 앞으로의 남은 군 생활이 결정될지도 모르는 일이니까."

"…망했다."

포상휴가가 걸려 있는 공식적인 장기자랑 행사에는 직접 참관하는 높은 직급의 사람을 공략하면 된다. 하지만 이렇게 단발로 급작스럽게 일어난 장기자랑에서는 오로지 선임들의 관심과 호응을 독차지할 수 있는 그런 장기자랑이 가장 중요 포인트라고 할 수 있었다.

이번 장기자랑의 포인트는,

"최대한 웃겨라!"

"웃기는 장기자랑… 내가 할 수 있을까."

"사람을 웃기는 건 아주 간단한 원리야."

철수만큼 두드러지는 장기자랑도 보유하고 있지 않은 도훈이 저리 말하자 철수는 의심의 눈초리를 할 수밖에 없었다. 도훈은 분명 명확한 장기가 없다. 그래서 천둥인의 밤 행사에도 같은 팀을 짜놓고 단지 사회 비슷한 대사만 하지 않았는가.

그런데 이번 점호 장기자랑을 과연 어떻게 공략하겠다는 것인지 철수로서는 전혀 감이 잡히지 않았다.

"태풍! 1생활관 점호 준비 끝!"

"그래, 쉬어."

"쉬어!"

당직사관을 맡게 된 중사가 늘어지게 하품을 하면서 1생활관에 등장한다.

부대 내에서는 전포사격통제관이라는 직책을 맡고 있으며, 현재 부사관 중에서는 행보관을 제외하고 가장 짬이 높은 중사이다.

성격이 까칠하긴 하지만 병사들과 잘 소통하고 어울리는 간부이기도 하다.

"에… 뭐냐, 오늘 점호는 다 필요 없고, 귀찮으니까 신병 장기자랑이나 보고 끝내자."

"역시 통제관님!"

"뭘 좀 아신다니까!"

병사들이 휘파람 효과음까지 곁들이며 환호를 지르자, 통제관이 짜증을 내며 시끄럽다고 소리친다.

"주둥아리 확 닫아! 오밤중에 시끄럽게 굴면 무슨 소리 들을지도 모르는 판국에. 여하튼 오늘 전입해 온 신병, 기상해라."

"이병 이도훈!"

"이병 김철수!"

드디어 올 것이 왔다. 군대 장기자랑 종류 중에서 가장 까다로우며 가장 중요한 첫 점호 장기자랑 시간이.

"그래… 뭐, 이 통제관이 억지로 장기자랑 시켰다고 내무부조리라느니 어쩌느니 하는 생각은 절대 안 할 것이고, 장기자랑이라는 게 어차피 땀내 나는 남자들밖에 없으니까 그렇게라도 해야 각인되지 않겠냐."

"예, 맞습니다!"

"일단 자기소개 한번 멋있게 해보고, 장기자랑 화끈하게 해보자."

"예!"

묘하게 설득력이 있긴 하지만, 그렇다고 결코 장기자랑이 좋다느니 어쨌느니 하는 말은 절대로 아닐 것이다.

물론 다수의 사람들 앞에서 자신의 끼를 발산하는 게 오히려 좋은 사람도 있지만, 반면 수줍음이 많아 이런 행사에는 잘 참가를 못하는 사람도 있을 것이다.

본래는 철수도 그런 타입이었지만, 도훈과 같이 군 생활을 하면서 점점 그런 숫기가 많이 없어진 편이다. 그 정점은 천둥인의 밤에서 선보인 장기자랑을 통해 최종치를 찍었기에 이번 점호 장기자랑에서도 당당하게 나설 수 있는 것이다.

하지만 그렇다고 한들 철수에게 첫 타를 맡길 수 없는 도훈이기에 먼저 도훈 스스로 포문을 열기 시작한다.

괜히 철수가 어설프게 분위기를 다운시켜 버리면 별다른 장기가 없는 도훈이 뒤처리를 할 수 없기 때문이다.

"태풍! 이병 이도훈, 청주에서 왔습니다!"

"그건 필요 없고, 누나나 여동생 있냐, 없냐?"

김대한이 목소리를 높여 외치자 도훈이 싱긋 웃으며 이 질문이 나올 줄 알았다는 듯이 말한다.

"누나, 여동생은 없지만 친한 선배 두 명과 후배 한 명이 있습니다!"

"예쁘냐?"

"기가 막히게 예쁩니다!!"

"우린 네 말을 믿지 않아! 사진을, 증거를 보여줘!"

"여기 있습니다! 자, 이것이 저의 진심을 담은 증거입니다!"

전투복 상의에서 꺼낸 석 장의 사진.

이것이 바로 도훈이 사전에 준비한 자대 전용 필살기 여자 사진이다.

물론 실제 아는 선배나 후배는 아니다. 선배 두 명 중 한 명은 정장 차림에 카페에서 우아하게 커피를 마시고 있는 다이나의 모습이고, 다른 한 명은 눈에 확 들어오는 과감한 노출 패션과 여전히 빼놓을 수 없는 선글라스를 착용하고 있는 트위들디이다.

그리고 나머지 하나는 굳이 말할 필요도 없이 손으로 V 자를 그리며 귀엽게 윙크하고 있는 앨리스의 사진까지 총 석 장의 사진을 뿌리자 사병들은 연신 이도훈에게 이렇게 말했다.

"처남!!"

"아이고, 처남, 왜 이제 오셨는가?"

무릎을 꿇고서 도훈을 떠받들기라도 하려는 듯 연신 이도훈의 이름을 연호하는 자대 사병들. 승리의 미소를 지으며 도훈이 별것 아니라는 듯이 말한다.

"별거 아닙니다. 하하!"

"도대체 어떤 재주를 부리면 이렇게 끝내주는 미인들을 사로잡을 수 있단 말인가!"

탄성을 자아내며 도훈의 인간관계에 감탄을 금치 못한다.

혹시나 했지만 역시나. 도훈은 이미 자대에 오기 전부터 차원관리자 3인방에게 사전에 미리 사진을 부탁했고, 그게 여지없이 통하게 된 것이다.

*　　　*　　　*

때는 거슬러 올라가 도훈이 퇴소하기 이틀 전날.

불침번에게 잠시 화장실에 갔다 오겠다고 거짓말을 남용하며 저번에 차원관리자 삼인방과 함께했던 커피숍으로 자리를 옮긴 도훈은 이들을 소집하고 예상치 못한 부탁을 하게 된다.

"각자 사진 한 장씩만 찍자."

"사진?"

만약 이 장면이 만화였다면 머리 위에 물음표가 떠 있을 정도로 과도한 반응을 보이는 앨리스가 도훈에게 진의를 묻는 다.

"우리 사진으로 뭘 하게?"

"설마 자기 자신을 위로하는 행위인 딸딸이라도 칠 생각이 야?"

트위들디가 여성치고는 여과 없는 직접적인 질문을 던지 자, 오히려 도훈이 어이가 없다는 시선으로 트위들디를 바라 보며 묻는다.

"도대체 그런 단어는 어디서 배운 거냐?"

"TV에서 성교육 프로그램이라는 것을 해주더라고. 남자와 여자 사이를 알아갈 수 있는 유용한 프로그램이라고 하던 데?"

"아무리 TV 프로그램이라 하더라도 딸딸이라는 저급 표현 보다 자위라는 표현을 사용했을 텐데."

"인터넷에 검색해 보니까 동일한 뜻으로 '딸딸이' 라는 단 어도 사용한다 하더라고."

"이제는 컴퓨터에도 손을 대기 시작했냐?"

점점 문화인(?)이 되어가는 트위들디의 지식에 도훈은 경 악을 금치 못했다. 필히 트위들디는 저 딸딸이라는 단어에 대 해 정확히 알지 못하고 사용하고 있는 것이 틀림없었다.

반면, 다이나는 단어의 쓰임새 자체를 모르고 있는 듯 크게 신경을 쓰지 않으며 커피 한 모금을 입에 머금는다.

"그래서, 목적이 뭔데?"

"편안한 자대 생활을 하기 위해서."

"트위들디가 말한 대로 저속한 의미의 쓰임새가 아니라?"

다이나도 자위라는 개념에 대해서 알고 있나 보다. 차마 직접적인 단어 선택은 본인의 입으로 말하지 못하고 그저 얼굴만 빨갛게 달아오른 채 애써 머릿속에서 지우려는 듯이 말하는 모습도 은근히 귀여워 보인다.

반면 앨리스는 이미 너무나도 많이 익숙해진(?) 탓에 다이나와 같은 부끄러운 표정은 짓지 않는다.

"이도훈, 그렇다면 굳이 사진 필요 없이 내가 직접 몸으로……."

"그런 의미가 아니라고 말했잖아, 멍청아."

"아얏!"

앨리스의 이마에 살짝 알밤을 먹여준 도훈은 어느새 은근슬쩍 자신과 팔짱을 끼려고 다가오는 앨리스를 물리쳤다.

그러자 큰 눈망울에 살짝 눈물이 맺히고 작은 이마를 두 손으로 감싸 쥔 앨리스가 도훈을 밉다는 듯이 노려보기 시작한다. 요새 들어서 부쩍 감정 표현이 풍부해진 앨리스를 애써 무시하며 도훈이 말을 이어간다.

"자대에서 너희의 사진이 나에게 큰 도움이 될 수 있으니까 이렇게 부탁하는 거야."

"도통 알 수가 없는 발언이네. 여자의 사진이 군인이라는 존재에게 도움이 되다니……."

상식적으로 이해할 수 없다는 듯이 긴 머리카락을 매만지는 트위들디의 말에 다이나도 공감한다는 듯 고개를 끄덕이지만, 그래도 다이나는 팀장으로서 한쪽에 치우친 고정관념을 가지지 않기로 한다.

"사진만 찍어주면 된다는 조건인가?"

"그러엄."

"좋다. 우리에게 피해도 없고 단지 사진을 보여주는 것뿐이라면 인과율 수치도 10 이상이 넘어가지 않는 일이니까."

어느새 자신들의 존재를 사진으로 타인에게 보여준다는 행위에 대해 인과율 수치 체크까지 마쳤는지 다이나가 승낙한다.

역시 철두철미한 다이나다운 판단력이다. 상황을 냉정하게 파악하고 득이 되는지 실이 되는지 순식간에 비교 분석한다.

이래서 팀장 자리를 꿰차고 있는 듯하지만, 지나치게 냉정한 사고방식은 연애라는 분야에 마이너스적 요소가 될지도 모른다.

그래서 아마도 노처녀가 아닐까 싶지만, 그런 발언을 했다간 그대로 다이나에게 무슨 보복을 당할지 모르기에 도훈은 얌전히 입을 다물었다.

"사진 콘셉트도 다 생각을 해왔으니까 너희는 모델만 되면 돼. 그리고 사진기는 구해오면 되고."

"주문 참 많은 남자네."

트위들디가 노골적으로 짜증을 내지만, 그래도 사진 모델이라는 단어 자체는 마음에 들었는지 군말없이 사진기를 오른손에 소환해 도훈에게 건넨다.

"자, 그럼 아가씨들, 최대한 예쁘게 사진 한 방 찍어봅시다."

일시적으로 사진 기사가 된 도훈이 각자 콘셉트를 지정해준다. 앨리스는 귀여운 콘셉트, 다이나는 성숙한 직장 여성 콘셉트, 그리고 트위들디는 화사한 패션모델 콘셉트.

복장까지 일일이 다 지정해 준 도훈이 연신 카메라 셔터를 눌러댄다. 앨리스의 활발함과 귀여운 얼굴이 잘 배합되어 있는 사진을 받아본 도훈은 만족스러운 미소를 지으며 속으로 생각한다.

'역시… 외형 하나는 정말 기가 막힌 녀석들이라니까.'

앨리스뿐만 아니라 다이나도 자연스럽게 촬영에 임한다. 처음에는 뭔가 자신에게 어울리지 않는 일이라며 쑥스러워했지만 이내 곧 차분하게 촬영에 임한다.

문제가 있다면 다른 쪽에서 벌어졌다.

"이, 이렇게?"

"너 의외로 몸이 엄청 뻣뻣하구나?"

"시끄러워! 분명 TV에서는 대부분 모델들이 이런 포즈

로… 아앗!'

사진 모델에 가장 잘 어울릴 것 같은 트위들디가 의외로 사진 촬영에 난항을 겪었다는 점을 빼고는 무사히 끝이 났다.

여하튼 이렇게 얻은 앨리스와 다이나, 그리고 트위들디의 사진을 통해서 순식간에 군대 인기남(?)으로 등극한 도훈은 장기자랑을 시작하기에 앞서 벌써부터 플러스 요소를 따고 들어갔다.

한편, 존경스럽다는 듯이 도훈을 바라보던 철수는 뭔가를 깨달았는지 귓속말로 속삭인다.

"야, 앨리스라는 여자, 네 친동생 아니냐?!'

"친동생… 은 아니고, 그냥 아는 동생."

"이 자식, 그럼 나보고 뭐하러 여자 소개시켜 달라고 한 거야? 군부대 면회까지 올 정도면 100% 너 좋아하는 거구만."

"시끄럽다. 아무튼 난 여자가 절실히 필요하다고. 휴가 나가서 네가 소개시켜 준 그 여성분 만날 거니까 입 다물고 아무 말도 하지 마라."

"이런 욕심쟁이 같으니라고."

앨리스가 들으면 큰일 날 소리를 아무렇지도 않게 남발하던 도훈에게 통제관의 목소리가 들려왔다.

"그래, 그래. 발정난 이 새끼들은 그렇다 치고, 뒤에 있는 덩치 큰 녀석도 자기소개 해봐라."

통제관의 지목을 받은 철수가 과장스럽게 거수경례를 하

며 자기소개에 임했다.

"태풍! 이름은 김철수, 서울에서 태어났으며 옆에 있는 이도훈과 동갑이자 친구입니다!"

"여자 친구 있냐?"

또다시 들려오는 군중들의 소리. 그러자 철수가 목청을 높이며 말한다.

"예, 있습니다!!"

"있어서 좋겠다. 그럼 여동생이나 누나 있냐?"

"없습니다!"

"당장 내 눈앞에서 사라져!!"

매몰차게 부대원들에게 거절당하고 말았다. 이래서 군대에서는 누나나 여동생이 있어야 하는 것이다. 물론 있다고 한들 부대 사람들에게 진짜로 자신의 누나나 여동생을 소개시켜주는 경우는 거의 없지만, 그래도 있다는 사실 하나만으로도 일단은 도훈과 같이 가짜 처남 대접을 받을 수 있기 때문이다.

"그래, 자기소개는 그쯤에서 끝내고, 그럼 고대하던 장기자랑 한번 보고 점호 마치도록 한다."

드디어 오고야 말았다. 장기자랑 코너.

자기소개에서 이미 어느 정도 점수를 따둔 도훈은 만반의 준비를 마쳤다. 자신에게는 별다른 장기가 없지만 미리 분위기를 업시켜 놓았기 때문에 중간 정도 치는 유머라도 이들은 웃어줄 터.

"그럼 저 먼저 시작하……."

말을 이으려던 도훈은 순간 아니다 싶어 먼저 철수를 내보내기로 했다.

"철수가 먼저 하겠답니다."

"뭐?!"

지목당한 철수가 다급히 도훈에게 말한다.

"야, 너 내 장기가 안 통할 거라고 했으면서 나를 사지로 내몰 생각이냐?!"

"어차피 니가 분위기를 다운시킬 거, 차라리 내가 두 번째로 장기자랑을 선보여서 분위기 좋게 마무리하는 편이 낫잖아."

"얼씨구. 얼마나 대단한 장기자랑을 준비했기에 자신감이 그리도 넘치는 거냐?"

"잔말 말고 하기나 해라."

"…쳇."

철수가 가지고 있는 거라고는 트로트 부르기 신공밖에 없다. 그런고로 도훈의 말에 괜히 주눅 들지 말고 그대로 자신을 믿고 전공법으로 트로트를 부르기 위해 목청을 가다듬는 철수.

'그래, 까짓것, 남자답게 나만의 장기로 밀어붙이는 거다! 나의 구수한 트로트는 훈련소 대대장님에게도 극찬을 받았잖아? 보아라! 그리고 들어라! 이것이 바로 천둥인의 밤에서 1등을 받았던 그 노래다!

"너 빈자리~ 채워주고 싶어~ 네 인생을……."

"당장 꺼지라고 했냐, 안 했냐!!"

"저 썩을 놈! 오늘 내가 아작을 내버리겠다!"

"감히 트로트를 불러?! 여기가 무슨 어르신들 행사 이벤트인 줄 아나!"

도훈이 예상한 그대로 관객들이 지금이라도 당장 무대에 난입할 저돌적인 기세로 맹비난을 퍼붓기 시작했다.

솔직히 말해서 도훈도 철수가 트로트를 잘 부른다는 것은 인정한다. 하지만 너무나도 식상하며 또한 대부분 20대 초반으로 구성되어 있는 이 집단에서 트로트가 무슨 의미가 있겠는가.

졸지에 노래를 시작하자마자 동시에 퇴장당해 버린 철수가 비실비실 기어 나오며 도훈에게 터치한다.

"뒤를 부탁한다, 전우여."

"나만 믿어라, 어리석은 전우여."

선수 교체를 알리는 터치 제스처와 함께 드디어 무대(침상마루) 위에 선 도훈.

"제가 선보일 장기는… 한때 유행한 수다맨이라는 개그 프로그램 있지 않습니까?"

"……?"

"그걸 해보겠습니다."

철수와 마찬가지로 목청을 가다듬기 시작한다.

그러고서 천천히 입을 연다.

"잘 들으시기 바랍니다."

머릿속에 생각했던 대사를 아주 빠르게 랩처럼 읊는다.

"안녕하십니까.제이름은이도훈.거꾸로하면훈도이.전혀관계없는거같지만그냥한번말해보고싶어서이렇게직접거꾸로라도해서말해봤습니다.결코할말이없어서한건아니라고믿어주시기바랍니다.그렇다고제가공짜로이런장기자랑코너에서날로먹는건아닙니다.시작한지얼마되지도않았는데벌써부터목이타오르는듯한기분이듭니다.하지만선임분들에게커다란웃음을선사해주기위해서라면이병이도훈,이한몸바쳐서웃음핵폭탄이언제든지장전되어있는사나이아니겠습니까!그러니까앞으로도계속 찾아주시고,제이름석자기억해주시면감사하겠습니다.태풍!"

엄청나게 긴 대사를 속사포로 말을 한 이도훈. 거의 1분간 쉬지도 않고 수백 자를 연발하는 그의 능력에 부대원들은 할 말을 잃고 말았다.

그도 그럴 것이, 부대원들이 할 말을 1분 내에 이도훈이 전부 다 해버렸으니 말이다.

그리고 잠시 후,

"하하하! 역시 처남이야! 장기자랑도 훌륭하구만!"

김대한이 환호성을 지르며 이도훈의 장기자랑을 칭찬한다. 그러자 줄지어 다른 사병들도 얼떨결에 박수를 쳐준다.

이것이 바로 도훈이 노린 것. 어차피 어설픈 장기자랑을 해 봤자 군 생활에 찌든 이들을 웃길 방법은 없다. 그래서 미리 자신은 미인 다수와 친분이 있다는 사실을 뿌리고, 이후 플러스 요소를 받아 대충 장기자랑이라 할 만한 것을 아무렇게나 하면 기본 평타는 친다.

역시 예상대로 다수의 사병이 박수를 쳐준다. 물론 도훈이 무슨 말을 했는지에 대해서는 아무도 이해하지 못하겠다는 표정을 지어 보였지만 그건 가볍게 넘기면 된다.

"자자, 신병들의 장기자랑도 끝났으니까 이제 잘 준비해라."

"예, 알겠습니다!"

통제관의 점호 끝 신호와 함께 자대 인원들이 침구류를 펼치기 시작한다.

잘 준비를 마치자 불침번이 와서 목소리를 높여 말한다.

"취침 소등 하겠습니다! 오늘 하루 수고하셨습니다!"

그와 동시에 꺼지는 실내 형광등의 불빛을 뒤로하고 도훈과 철수는 오늘 하루 많은 일들을 겪은 탓에 금세 꿈나라로 떠나게 된다.

*　　　*　　　*

한편,

자대 전원이 깊은 잠을 청하고 있을 무렵, 정체불명의 침입자가 이도훈이 자고 있는 생활관에 등장한다.

불침번이 잠시 자리를 비웠을 때 사라락 소리와 함께 공중에서 모습을 드러낸 풍성한 분홍빛 머리카락의 여성이 허리춤에 손을 올려놓은 채 자고 있는 도훈을 위에서 내려다본다.

"흐음. 실험체는 자고 있나 보군."

어차피 투명화 프로그램이 걸려 있기에 누가 들어와도 여성의 모습은 볼 수 없다.

분홍빛의 풍성한 머리카락의 미인의 정체는 다름 아닌 차원관리국의 국장이기도 한 체서.

잠시 국장실에서 빠져나와 도훈이 머물고 있는 자대에 모습을 드러낸 것이다.

"그나저나 실험체치고는 지극히 평범하게 생겼네."

물론 체서는 다른 차원의 도훈과 이미 안면을 익히고 있었다. 한쪽은 어리바리 신병이지만 겉으로는 말년인 이도훈, 그리고 또 한쪽은 겉으로는 어리바리 신병이지만 속은 백전노장 말년병장이다.

"언밸런스한 조합이구만, 참말로."

젊은 아가씨의 외형을 지니고 있음에도 불구하고 말투는 왠지 늙은이의 그것과 비슷하다.

한 손에 들려 있는 게임기의 전원을 다시 켠 체셔가 하품을 하며 다시 모습을 감추기 시작한다.

"앞으로 잘해보라고, 꼬장의 신."

도훈의 말년병장 때 붙은 별명을 부르며 천천히 모습을 감춘다.

차원관리국 국장인 체셔의 방문. 하지만 이도훈은 이때 당시 이미 꿈나라로 떠났기에 체셔가 자신에게 왔다 갔다는 사실을 까마득히 몰랐다.

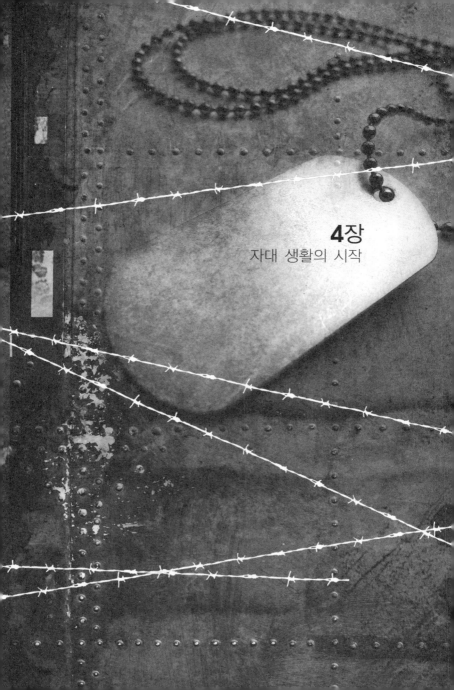

4장
자대 생활의 시작

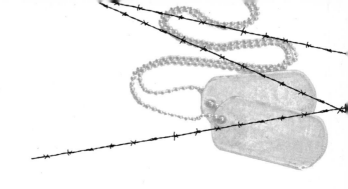

빠바바바바~

익숙한 나팔 소리와 함께 불침번이 다시 내무반의 불을 켜
며 말한다.

"아침입니다. 기상입니다."

"아……."

어제 과도하게 수다맨 흉내를 냈기 때문일까. 약간 목이 칼
칼함을 느끼는 도훈이지만 금세 정신을 차리고 재빠르게 일
어난다.

훈련소에서도 도훈의 점호 준비는 아무도 따라올 수 없었
다. 그도 그럴 것이, 2년 동안 아침마다 습관처럼 해오던 점

호 준비인데 그 누가 따라잡으랴.

심지어 자대 내에 있는 상병들조차도 이도훈의 빠른 준비 속도를 따라잡지 못했다. 이미 매트리스에 모포까지 다 접어서 정리해 놓은 도훈은 전투복까지 말끔히 입고서 김대한에게 다가간다.

"김대한 병장님, 일어나실 시간입니다."

"…어, 조금만 더……."

"김대한 병장님, 곧 점호 시작합니다. 통제관님이 노려보고 계십니다."

"…정말?"

"예, 아까 노려보고 가셨습니다."

"아, 진짜."

짜증을 내지만 그래도 일어나지 않을 수가 없다. 김대한은 말년도 아니고 물병장이기 때문이다.

김대한을 깨우고 침구류를 개는 것까지 도와주는 이도훈의 모습을 보며 김범진이 작게 탄성을 자아낸다.

"세상에! 너 어제 전입한 신병 맞냐? 뭐 이리 능숙해?"

"아무것도 아닙니다. 하하하!"

"우리 하나포에 인재가 하나 들어왔구만. 근데 다 좋은데 말이야, 노란 견장을 차고 있을 때는 너무 그렇게 힘 낭비하지 말라고."

도훈과 철수는 앞으로 2주 동안 대기 기간이라고 해서 노란색 스마일 표시가 있는 견장을 차고 다녀야 한다. 적응 기간이라고 해서 이등병이 자대에 쉽사리 적응할 수 있도록 기간을 정해두는 것이다.

하지만 도훈의 빠른 기상과 더불어 능숙하게 병장을 깨우는 솜씨까지 절대로 대기 기간의 이등병으로서의 모습이 아님을 범진과 재수, 그리고 한수는 본능적으로 느꼈다.

남들보다도 한발 빠르게 자신의 분과 병장을 기상시키며 점호도 가장 먼저 집합하기를 이뤄낸 하나포. 맨 뒤에 나란히 서 있는 철수는 오늘 아침 도훈이 펼친 활약상에 감탄을 할 수밖에 없었다.

"너 그냥 여기 직업군인 하는 게 어떠냐?"

"고작 아침 기상 하나 가지고 직업군인을 하라니 마니 하는 거냐? 그보다 너는 나 일하는 동안 뭐했냐?"

"뭐하긴, 비몽사몽 전투복 입고 있었지."

"요것 봐라? 니가 무슨 말년이냐?"

"앞으로는 노력해 볼게."

늘어지게 하품을 하며 대답하는 철수의 모습을 본 도훈은 관자놀이가 아파오기 시작했다. 덩치도 산만 한 녀석이 행동도 무지하게 느리다. 무슨 곰 한 마리를 보는 듯한 그런 모습이다.

그래도 철수가 맞선임에게 혼이 나지 않은 것은 철수가 못했다기보다는 도훈이 너무나도 능숙하게 잘해냈다는 측면이 더 강했다.

분명 아무것도 알려주지 않았음에도 불구하고 도훈은 스스로 일어나 병장 챙기기까지 도맡아했다. 본래는 한수가 하려 한 일이나 도훈이 어떤 의미로는 선수를 친 것이다.

'A급이다. 특 A급 신병이 들어왔어!'

속으로 환호성을 지를 수밖에 없는 한수지만, 표정 관리를 하며 아침 점호에 임한다.

역시나 마찬가지로 늘어지게 하품을 하며 막사 앞에 선 통제관이 당직으로부터 인원 보고를 받는다.

"어, 어, 그래. 대대에서 애국가 나오면 부르고, 국군도수체조 나오면 체조해라."

대충 지시를 하며 가볍게 스트레칭을 시작한 통제관. 이윽고 대대 연병장에서 애국가가 울려 퍼지기 시작한다.

"동해물과 백두산이……."

칼칼한 목 상태로 부르는 애국가는 심히 유쾌한 기분이 들지 않는다. 게다가 도훈은 어제 과다하게 목 사용량(?)을 초과했기 때문에 그다지 높은 고음까지는 올라가지 못한다.

애국가는 그렇다 치고, 문제는 국군도수체조이다.

"국군도수체조~ 시작!"

뻣뻣한 몸을 이리저리 굴리면서 시작된 도수체조. 훈련소에서 충분히 배웠기에 거의 무의식적으로 몸을 움직인다.

그리고 나서 시작된 공포의 구보.

"요즘 대대장님 지시 사항으로 대대 한 바퀴 웃통 벗고 뛰는 거 알고 있지?"

"…예!"

"대답이 왜 한 박자씩 늦냐. 상의 탈의 실시한다! 실시!"

"실시!"

대놓고 싫다는 표정을 하며 제각각 병사들이 옷을 벗기 시작한다.

전투복 상의, 깔깔이, 내복, 러닝셔츠까지 탈의하고 맨살이 차가운 아침 공기와 마주치자 병사들 머릿속 뇌세포들이 비명을 지르기 시작한다.

반면, 말년들은 손을 들며 통제관에게 자신의 꾀병을 어필하기에 여념이 없다.

"웃! 통제관님, 갑자기 지병인 무릎 통증이……."

"통제관님, 아침부터 머리가 아픕니다!"

"오랫동안 앓고 있던 만성 스트레스가……."

"시끄럽다! 오늘은 열외 없다! 후딱 탈의 안 하냐!!"

통제관이 누구인가. 부사관 중에서도 행보관 다음으로 짬이 많은 존재다. 그런 그가 말년들의 꾀병을 모를 리가 없다.

환자 조사를 하면서 진짜 환자로 추정되는 몇몇 일부만 제외하고는 상의를 탈의하고 결국 대대 한 바퀴를 뛰기 시작한다.

통제관도 뛰기 싫지만 그래도 대대장의 지시 사항이라 어쩔 수 없이 병사들을 인솔하며 대대를 뛰기 시작한다.

"나도 뛰는데 감히 짬도 안 되는 말년 녀석들이 어딜 내빼려고!"

"……."

통제관이 직접 뛰기에 말년들은 어쩔 수 없이 아침 구보에 참가할 수밖에 없다.

그리고 드디어 시작된 자대에서의 첫 구보!

산골짜기라 그런지 산의 짙은 안개가 이들을 반기지만, 병사들의 표정에는 짙은 안개와의 만남이 그다지 반갑지 않다는 기색이 역력하다.

"이동 중에 군가 한다! 군가는 최후의 5분! 군가 시작! 하나, 둘, 삼, 넷!"

"숨 막히는 고통도~ 뼈를 깎는 아픔도~ 승리의 순간까지 버티고 버텨라~"

최후의 5분 군가를 내뱉으면서 철수의 체력이 최후의 30초처럼 기하급수적으로 떨어지기 시작한다.

구보 중에 군가를 부르는 것이 얼마나 체력 소모가 심한 일인가!

"야, 죽을 거 같다."

옆에서 도훈의 팔에 매달리다시피 하는 철수에게 매몰차게 거절 의사를 표현하는 도훈의 말이 쏟아진다.

"징그럽다. 달라붙지 마라."

"매정하게. 우리의 전우애가 그 정도밖에 안 되냐?!"

"전우는 개뿔. 일시적인 협력관계일 뿐이다. 사업 파트너라는 말도 모르냐. 이익이 안 되면 과감히 버려야지."

"악마 녀석!!"

"그렇다면 체력이나 빨리 기르든가."

사실 도훈도 거의 죽기 일보 직전이다. 대대 규모 자체가 워낙 크고 연병장도 아닌 대대를 돌아야 하기에 코스도 상당히 다양하다.

자갈밭 코스는 물론이요, 좁은 다리 코스, 수송부, 그리고 대대 연병장까지.

안개까지 끼어 있는지라 잘못하다가 발에 걸려 넘어지면 그대로 앞사람과 추돌사고를 일으킬 수 있다.

여러모로 신경 써야 하는 판국에 군가가 웬 말이란 말인가. 게다가 도훈은 지금 속은 말년병장이지만 겉으로는 이제 막 자대에 전입한 신병이다. 군대에서 그동안 겪어온 훈련을 통해 길들여진 체력은 온데간데없다는 말과도 같다.

'앨리스 이 녀석, 차원 이동할 때 정신뿐만 아니라 육체도 같이 했어야지!!'

한마디로 플레이하는 사람은 초고수인데 캐릭터는 1레벨밖에 되지 않는다.

각종 던전과 아이템, 사냥 기술이나 몬스터의 패턴 등은 이미 꿰차고 있다 한들 캐릭터의 레벨이 부족하면 그 지식도 다

무용지물이다. 하다못해 장비라도 좋으면 좋지만, 대부분의 온라인 게임은 장비에 레벨 제한이 붙어 있기에 결국 레벨을 올리는 방법밖에 없다.

'짬이라도 어느 정도 있으면 헬스장에 가서 운동이라도 하련만!'

그렇다고 헬스장이라는 것이 사회에서 볼 수 있는 수준의 그런 운동기구들을 갖추고 있지 않다. 여기 제1포대에 있는 헬스장은 조립식으로 되어 있는 가건물에 고작해야 아령, 역기 등 아주 기본적인 헬스 기구만 있을 뿐이고 겨울에도 보온은커녕 창문도 없어 찬바람이 쌩쌩 들어온다.

도훈은 기본적으로 군대에서 담배와 동시에 운동을 배운 케이스이다.

본래 도훈도 철수와 마찬가지로 운동엔 전혀 관심이 없었지만, 점차적으로 군대에서 체력을 기른다는 목적이 생기면서 주기적으로 몸을 만드는 데 열중했다.

원래의 목적은 여름휴가를 나가 바다에서 멋진 몸으로 여성들을 꾀어야겠다는 게 원초적인 목표였지만, 그게 점점 확장되어 가면서 몸을 만드는 데 열중하게 되었다.

어차피 군대에서는 할 게 없으니까.

운동이라도 해야지 무엇을 하겠는가. 공부를 한다고 하지만, 구 막사는 공부할 수 있는 공간조차 없다. 개인 공간이라고는 자신의 침상밖에 없으니까 말이다.

그렇다고 별도로 공부를 할 수 있는 장소도 없다. 기껏해야 창고밖에 더 있을까.

어쨌든 하루라도 빨리 헬스장을 이용해서 운동을 하고 싶다는 생각을 품은 도훈이지만, 아직 노란 견장을 달고 있는 병아리이기 때문에 헬스장조차 가지 못한다. 견장을 차고 있으면 화장실이든 어디든 선임과 동석해야 한다는 규율이 있기 때문이다.

그래서 가급적이면 신병은 안 돌아다니는 편이 좋다. 왜냐하면 일일이 선임이 따라가야 하는데, 따라다녀야 하는 선임도 귀찮지 않겠는가.

사람인지라 그 귀찮은 감정이 쌓이다 보면 어느 순간 악감정으로 변하게 된다. 감정이라는 건 그만큼 세심한 주의가 필요하기 때문이다.

대대 전체 구보를 다 뛰고 나서 제1포대 막사 앞에 집합한 장병들.

거친 호흡과 함께 추운 겨울 날씨에 나는 땀방울이 이들의 몸을 더더욱 차갑게 식히고 있다.

"헥헥! 야, 빨리 옷 주워 들고 세수해라."

"구호 준비!"

통제관의 말에 따라 당직병인 최수민이 우렁차게 선창한다.

"구호 시작!"

"오늘도 활기차게, 즐겁게, 아자, 아자, 아자!"

아마도 이것이 제1포대 점호 마침 구호이리라. 이미 알고 있는 도훈은 눈치껏 같이 따라 하면서 옷을 주섬주섬 챙겨 입는다.

그 와중에 한수는 철수에게 다가가 앞으로 이게 제1포대 구호라며 일러주고 있다.

"점호가 끝날 때마다 아까같이 '오늘도 활기차게, 즐겁게, 아자, 아자, 아자!'를 외치면 되는 거야."

"예, 알겠습니다!"

"잘 기억해 두고. 다음부터는 목소리 크게 내라."

"예!"

철수의 우렁찬 구호와 함께 드디어 첫 자대의 아침 점호를 끝냈다.

*　　　*　　　*

"아, 죽겠다."

점호를 마치자마자 좁아터진 화장실에 몰린 사병들이 열심히 세면세족에 임한다. 가뜩이나 좁은 화장실에 덩치가 산만 한 남자들이 끼어 있으니 병사들의 기분은 불쾌하기 짝이 없다.

하지만 어쩌겠는가. 주어진 환경에 감사하며 충실해야 하는 것이 바로 군인정신이다.

겨우 세면세족을 마치고 나서 아침 식사 집합을 기다리는 이들. 수건으로 얼굴을 닦으며 흘러나오는 최신 가요에 귀가, 그리고 눈이 향하게 된다.

리모컨을 쥔 채 뮤직 비디오가 무한 반복으로 나오는 전문 케이블 채널을 틀어놓은 말년병장이 늘어지게 하품을 하며 다시 모포를 덮고 잠을 청하기 시작한다.

훈련소에서 꼼수로 인해 매번 보던 프로그램이지만, 자대에 오니 뭔가 감상하는 느낌도 다르다.

"역시 걸그룹이 최고라니까."

세면세족을 마치고 돌아온 김대한이 TV에서 생기발랄하게 춤을 추고 있는 걸그룹을 보며 감탄을 자아낸다.

걸그룹은 모두의 공통 관심 요소. 특히나 군대에서는 여신으로 취급받으며 절대로 빠져서는 안 될 존재로 군림하고 있다.

원래 도훈은 사회에서 걸그룹이라는 존재 자체도 신경 쓰지 않고 지냈다. 하지만 군대에 오고 나서는 걸그룹의 명단은 줄줄이 꿰차고 있으며, 멤버 이름도 이미 다 알고 있다. 심지어는 춤까지도 출 수 있을 정도로 안무도 매번 지켜봐 왔다.

부대 행사에 걸그룹이라도 오는 날에는 거의 부대가 초토화될 지경이니까 말이다.

걸그룹은 그렇다 치고, 슬슬 아침 식사 집합을 하기 위해 막사 앞으로 모여들기 시작하는 병사들. 먹어야 살 수 있기에 이들도 먹기 위해 움직이기 시작한다.

모포를 뒤집어쓰고 잠을 청하기 시작한 말년병장에게 쭈뼛쭈뼛 다가간 이등병이 작은 목소리로 말한다.

"아침 식사는 어떻게……."

"그냥 우유만 올려줘."

"예, 알겠습니다."

저게 바로 말년병장의 행태이다. 아침 먹기 귀찮으면 그냥 우유만 올려달라고 말하는 모습에 도훈은 하루라도 빨지 저 자리를 자신이 꿰차고 싶다는 생각을 품게 된다.

어차피 곧 있으면 갈 사람이니까 그러려니 하더라도. 도훈은 전역을 바로 코앞에 두고 다시 훈련병 시절로 돌아왔으니 억울함에 사무쳐 죽을 지경이다.

대대 식당으로 내려가기 전, 먼저 나와 있는 철수를 보고 도훈이 한숨을 쉬며 말한다.

"야, 너, 나오기 전에 모포하고 매트리스 정리 안 하고 나오냐."

"무슨 소리야? 내 건 다 했는데?"

"인마, 여긴 군대야. 너만 신경 쓰면 오케이 되는 사회가 아니란 말이야. 연대책임이라는 말도 모르냐. 매트리스와 모포 선을 다른 옆 관물대와 맞추고 나와야지."

"그러는 거야? 훈련소에서는 안 그랬잖아."

"거기는 다들 동기니까 그렇고, 여기는 막내가 해야 할 일이 명확하게 정해져 있어. 식사 집합에 나오기 전에 관물대 정리, 그리고 매트리스와 모포 정리. 제일 마지막에 나오면서 확인해야 할 거 아니야."

"…어, 알았어."

"그리고 수저통은?"

"아, 맞다!"

깜빡했다는 철수의 말에 도훈이 그럴 줄 알았다는 듯이 수저통을 들어 보인다.

"너, 나랑 같은 분과 아니었으면 어쩌려고 그러냐."

"적응이 안 되다 보니……."

어수룩하게 반응하는 철수의 모습에 도훈은 한숨을 내쉴 수밖에 없었다.

미래에 대한 기억을 가지고 있는 도훈이지만, 철수에 관한 미래의 기억은 없다시피 하다. 아니, 실제 없다.

왜냐하면 철수는 본래 차원에서는 도훈과 같은 포대로, 심지어 같은 대대로도 전입해 오지 않았기 때문이다. 그래서 철수가 무슨 실수를 하든, 혹은 무슨 사건을 벌이든 도훈으로서는 미리 예측하는 것 자체가 불가능하다.

그래서 철수는 가장 가까운 전우이자 동시에 도훈에게 있어서는 가장 불안한 시한폭탄과도 같은 존재이다.

물론 특 A급 병사를 노리고 있는 도훈은 아니지만, 괜히 선임한테 구박 받기는 싫어서 기본은 하고 있다. 하지만 도훈이 기본만 하고 있다는 말은 아무것도 모르는 신병이 너무나도 익숙하게 이등병 노릇을 잘해내고 있다는 식으로 선임의 시점에서는 받아들여지고 있는 중이다.

철수의 실수와 더불어 괜히 구박 받기 싫은 도훈의 마인드 덕분에 어느새 그는 점점 A급 신병으로 인식되고 있었다.

수저통을 들고 각자 분과에 맞춰 식당으로 향하게 된다.

오늘의 아침은 군데리아.

"크! 내가 제일 좋아하는 메뉴가 나왔다!"

철수가 온몸으로 기뻐하며 패티를 이글거리는 눈동자로 바라본다. 그러자 범진이 피식 웃으며 말한다.

"하긴 많이 먹을 짬이지. 군데리아 많이 먹어둬라."

"알겠습니다!"

기운차게 답변하는 철수지만, 김대한은 범진의 뒤통수를 살짝 때리며 마주 웃는다.

"너도 많이 먹을 짬이야, 인마."

"왜 이러십니까, 김대한 병장님. 저 곧 상병 꺾입니다."

"야야야, 오지 마라. 짬내 난다."

군데리아 배식을 마치고 나서 다시 자리에 앉은 하나포 분과들.

"식사 맛있게 하시기 바랍니다!"

어제 배운 대로 착실히 인사하는 철수의 말에 도훈도 따라서 같이 똑같은 대사를 읊조린다.

철수가 모르는 것은 참 못해도 알려준 것은 무식하게 잘한다.

이래서 괜히 머리 굴리는 타입이 아닌 일자무식형 캐릭터가 오히려 군대에서는 잘 먹힌다는 말이 괜히 도는 것이 아니다. 알려준 걸 까먹지만 않으면 되는 그런 곳이니까 말이다.

군데리아라는 음식은 참으로 오묘한 것이다.

딸기잼, 기름투성이 패티 덩어리, 어설픈 샐러드, 그리고 각종 머스터드 소스와 패티 소스까지, 분명 섞으면 왠지 안 어울릴 거 같은 조합임에도 불구하고 막상 먹으면 의외로 맛있다. 겉으로 보기에는 누가 저런 음식을 먹느냐며 핀잔을 늘어놓을지 몰라도, 이제 막 입대한 철수와 마찬가지로 짬이 안 되는 사병에게 있어서 군데리아만큼 최고의 식사거리도 없다.

자신만의 스타일로 만들어 먹는 바로 그 조리법. 오묘한 맛이 있는 군데리아를 맛보던 도훈에게 김대한이 숟가락을 들고 말한다.

"많이 먹어두라고. 앞으로도 한참 동안 먹어야 할 음식이니까."

"…예, 알겠습니다."

순간 숟가락으로 이 녀석의 머리를 때려 버릴까 하는 충동을 느낀 도훈이지만, 순식간에 마인드 컨트롤에 성공해 재빨리 그 마음을 다시 집어넣는다.

짬 순으로 따지자면 김대한보다도 몇 개월은 더 먹은 도훈이기에 저런 발언이 오히려 우습기까지 하다. 아니, 도훈의 입장에서는 오히려 '너나 많이 먹어라. 짬내 난다'라는 발언을 할 수 있는 자격을 충분히 갖추고 있지만, 도훈의 실상을 알아주는 이는 차원관리자뿐이다.

그다지 입맛이 안 당기는 군데리아를 억지로 입안에 구겨 넣은 뒤 다시 돌아온 막사.

곧바로 포상으로 향한 이들 중 철수가 유독 놀라운 표정을 짓는다.

"우와, 짱 큰 대포다!"

철수의 말에 범진이 피식 웃으면서 말한다.

"이건 큰 대포가 아니라… 가만."

말을 멈춘 범진이 재미있다는 듯이 대포를 가리키며 묻는다.

"신병, 이 대포의 정식 명칭이 뭔지 아냐?"

"…그, 그러니까……."

"설마 '큰 대포'가 정식 명칭이라는 건 아니겠지?"

"……."

순간 당황한 철수가 필사적으로 머리를 굴린다. 하지만 아무리 머리를 굴려도 철수의 뇌에는 155mm 견인곡사포의 명칭이 입력되어 있지 않다.

이럴 줄 알았으면 미리 도훈에게 물어볼 거라고 생각한 철수지만, 아무리 도훈이 군대 척척박사라 해도 저 질문에는 대답하지 못할 거라는 생각에 고이 접어둔다.

"그럼 다음 신병."

"이병 이도훈."

"이 포의 명칭을 아나?"

"KH—179입니다."

"……?"

순간 경직된 것은 철수와 도훈 쪽이 아닌 한수와 범진, 그리고 김대한 쪽이다.

도훈의 말에 잘못 들었다는 듯한 표정을 지어 보이던 범진이 다시 한 번 도훈에게 질문을 되새긴다.

"이 포의 명칭이……."

"KH—179. 6.25때 에이스 화포로 활약하던 155㎜ 견인곡사포입니다. 지금은 자주포에 밀려 견인곡사포 부대 자체가 없어지는 추세라고 알고 있습니다."

"어… 어… 맞아……."

질문을 던지고도 오히려 당황한 쪽은 범진이다.

고작 자대에 전입해 온 지 이틀밖에 안 되는 녀석이 어찌 이런 사실들을 다 알고 있을까? 설마 미리 사회에서 배워오기라도 한 것일까? 그런 것치고는 너무나 치밀하게 잘 알고 있다.

마치 처음부터 이 155㎜ 견인곡사포를 알고 있었다는 듯한 모습이다.

당연히 질문에 대답을 못할 거라 생각했기에 범진은 슬슬 자신이 이 포의 설명을 간지 나게 해줘야겠다고 생각했지만, 도훈에 의해 생각지도 못한 계획이 무산되어 버렸다.

"이야~ 우리 신병, 역시 A급이네."

김대한이 실로 놀랍다는 듯이 도훈의 어깨 위에 손을 올린다.

실제로 도훈은 이들보다도 훨씬 더 많이 이 포에 대한 지식을 가지고 있다. 현재 사수를 맡고 있는 안재수보다도 훨씬 빠른 편각 입력을, 그리고 부사수를 맡고 있는 범진보다도 빠른 사각 입력을 할 수 있다. 뿐만 아니라 작키를 띄우는 것도 아마 도훈보다 잘하는 사람은 이 분과에서, 아니, 대대를 통틀어 없을 것이다.

말년병장의 힘!

그게 바로 이도훈의 능력이다.

게다가 2년간의 군 생활의 기억도 가지고 있다. 앞으로 무슨 일이 발생할지 미리 알고 있는 선견지명까지 지니고 있는 역대 최강의 신병이다.

땡땡.

종소리와 함께 한수가 포상 밖으로 고개를 내민다.

"집합 시간인가 봅니다."

"벌써? 아쉽네. 자, 올라가자."

분대장 견장을 달고 있는 김대한이 이들을 이끌고 막사 앞으로 집합한다. 안재수는 오늘 당직사병을 맡기 위해 현재 완장을 차고 집합한 인원 현황을 체크하고 있다.

김대한 다음으로 분대장을 달게 될 안재수이기 때문에 현재는 분대장 인수인계 작업 겸 당직사병 로테이션에도 포함되어 있다.

인원 파악이 끝나자 불룩한 배를 자랑하며 행보관이 모습을 드러낸다.

"어디 보자. 오늘은 이 행보관하고 벌목 작업을 나가야 하는데, 분과별로 두 명씩만 나와 봐라."

벌목 작업!

작은 톱 하나로 사람 허리만 한 나무 수십 개를 잘라내야 하는 살인적인 작업이다. 겨울 작업 중 가장 힘든 일이며, 한 번 갔다 오면 팔에 힘이 안 들어간다는 무시무시한 후폭풍이 있다.

게다가 같이 동석하는 간부가 바로 행정보급관. 작업의 신이라 불리는 그의 밑에서 도대체 얼마나 많은 노동력을 착취당할지 병사들은 감도 안 잡힌다.

그런데 행보관의 말에 손을 번쩍 들며 나서는 사병들.

"일병……!"

"이병……!"

"일병······!"

손을 번쩍 들고 이 지옥 같은 작업에 스스로 자원한 인원을 바라보던 행보관이 혀를 찬다.

"상병장급은 안 나오냐? 이것들이 벌써부터 빠져가지고. 누구더러 햇병아리들 데리고 작업 나가라는 거야!"

행보관이 목소리를 높이자 눈치를 보던 상병 둘과 병장 하나가 손을 들고 나간다. 그중에서도 행보관은 어제저녁에 도훈에게 시비를 걸었던 말년병장을 대놓고 지목한다.

"너도 나와라. 내뺄 생각 하지 말고."

"···예, 알겠습니다."

벌레 씹은 표정으로 한숨을 쉬며 결국 행보관의 벌목 작업 팀에 합류하게 된 말년병장.

말년 킬러라 불리는 행보관이 말년병장을 가만히 놔둘 리가 없다. 만약 도훈이 속은 말년병장이라는 사실을 행보관이 알았다면 무조건 도훈을 데리고 갔을 것이다.

하지만 현재 도훈은 노란 견장을 차고 있는 대기 기간 신병. 속된 말로 노란 병아리다.

아무리 행보관이 노동 착취의 달인이라 해도 대기 기간인 이등병을 벌목 작업에 투입시키지는 않는다.

"나머지는 각자 알아서 하고, 어제 전입해 온 신병 둘."

"이병 이도훈!"

"이병 김철수!"

"너희는 1생활관에서 대기하고 있어라. 알았냐?"

"예, 알겠습니다."

"작업 분담 끝났으면 후딱 일하러 갈 준비해라. 벌목 작업팀은 목장갑하고 톱 가져오고."

행보관의 말에 모두가 '예!' 라고 외치며 각자 배정 받은 작업에 투입된다.

한편, 대기 기간이라 어쩔 수 없이 생활관에 앉아 있어야 하는 이들에게 뜻하지 않은 손님이 찾아왔다.

"오, 하루만이네, 신병들."

"태풍!"

생활복과 깔깔이 차림으로 침낭을 들고 1생활관에 최수민이 모습을 드러내었다.

"본래는 내 자리에서 자는 게 가장 편하지만… 어쩔 수 없네."

그나마 가장 빵빵한 매트리스로 골라잡은 최수민이 천천히 침구류를 깔기 시작한다. 2생활관에 있어야 할 그가 왜 1생활관으로 건너왔는지에 대해 질문하려 하자 최수민이 알아서 해답을 내놓는다.

"행정 분과가 물품 조사할 게 있다고 해서 2생활관을 통째로 대여 중이거든. 어차피 너희에게 줄 보급품도 정리할 겸 열심히 일하고 있더라. 그래서 1생활관으로 피신 왔지."

실실 웃으면서 침낭 안으로 몸을 숨긴 최수민이 검은 안대를 착용한다.

"그럼 잘 자라… 가 아니구나. 나만 자는 거니까."

"안녕히 주무십시오, 최수민 상병님!"

"그래, 도훈아. 그리고 철수 너도 열심히 하고."

취침 인사를 주고받은 최수민이 침낭을 머리끝까지 끌어올린다.

본래 저렇게 하면 숨도 못 쉬는 답답함을 느낄 수 있지만, 외부와 단절되는 느낌과 동시에 따스한 감촉도 받을 수 있어 조용히 잘 수 있는 환경을 조성하고 싶다면 추천하고 싶은 자세이기도 하다.

여하튼 어제 당직을 서느라 오늘은 근무 휴식을 부여 받은 최수민이 잠을 청할 무렵, 철수가 낮은 목소리로 도훈에게 말을 건다.

"다른 선임들은 일하는데 우리는 이렇게 앉아만 있어도 될까?"

"뭐, 대기 기간이니까 어쩔 수 없지."

"본래 대기 기간이면 아무것도 안 하는 거야?"

"아무것도 안 하는 건 아닌데. 그냥 적당히 부대 분위기를 익히다가 천천히 적응하는 쪽이거든. 우리 행보관님은 그런 방식이야."

요즘은 군대에서 자살하는 게 이슈가 되다 보니 부대 내에서도, 특히나 이등병을 소중하게 다루는 희한한 관습이 생겨났다. 일명 '이등별'이라는 명칭까지 생길 정도니까 말이다.

몸은 편하지만 마음은 불편한 희한한 상황에서도 여지없이 취침이란 녀석은 찾아오게 마련이다.

최수민으로부터 수면 바이러스라도 감염되었는지 꾸벅꾸벅 졸기 시작한 철수를 바라보던 도훈이 전투화로 살짝 철수의 정강이를 걷어찬다.

그러자 '끄아악!' 비명을 내지르며 정강이를 감싼 철수가 죽을 맛이라는 표정으로 외친다.

"미쳤냐?!"

"졸다가 선임한테 걸리면 말 그대로 끝장이다. 조심해."

"그렇다면 좀 친절하게 깨우든가!"

"이렇게 깨워줘야 나중에 긴장하고 안 졸지."

"…이 악마 같은 녀석."

"이렇게 친절한 악마가 또 어디 있다고."

도훈이 피식 웃으면서 자화자찬할 무렵, 갑자기 생활관 문이 벌컥 열린다.

문을 박차고 등장한 인물은 바로 제1포대 포대장.

"크, 큰일이다!! 이도후운!!"

"이병 이도훈!"

"지금 당장 포, 포대장을 따라오도록!! 비상이다!"

무조건 따라오라는 말만 남긴 채 행정실로 뛰어간 포대장이 연신 비상이라고 외친다.

도대체 무슨 일인가 싶어 보니 이내 행정실의 분위기가 말 그대로 뒤집어지기에 이르러 있다.

난데없이 부사관들의 행동이 빨라지질 않나, 당직사병을 맡고 있는 안재수도 표정이 새파랗게 질린 채 총기 현황판을 점검하기 시작한다.

행정실의 분위기가 태풍이라도 온 듯이 시끌벅적해지기 시작하자, 철수가 무슨 일 있나 고개를 빠끔히 내민다.

"전쟁이라도 났나?"

"끔찍한 소리 하지 마라. 재수 옴 붙는다."

전투복을 가다듬은 도훈이 포대장 말에 따라 행정실로 들어가려 하자, 뺀질이 하나포 반장이 한숨을 쉬며 도훈을 부른다.

"어이, 신병!"

"이병 이도훈!"

"드디어 큰일이 벌어졌다고, 큰일이!"

한숨을 쉬며 고개를 절레절레 흔드는 하나포 반장의 반응에 도훈이 질문을 던진다.

"무슨 일 있습니까? 포대장님도 갑자기 절 찾으시고……."

"그게 말이지."

도훈에게 이 사태의 원인을 말해주려고 입을 움직이기 시작하는 하나포 반장이지만,

"비상사태, 비상사태다!!"

행정실 문을 박차고 나온 포대장이 하나포 반장의 대사를 매몰차게 빼앗으며 도훈의 양어깨에 손을 올리며 똑바로 새겨들으라는 말투로 읊조린다.

"사단장님이, 사단장님이 자네에게 표창장을 수여를 하기 위해 갑자기 지금 당장 부대를 방문하신다고 하셨네!!"

"……!!"

이도훈의 자대 전입 둘째 날.

이미 그의 군 생활에 커다란 위기가 소리 소문도 없이 갑자기 찾아왔다.

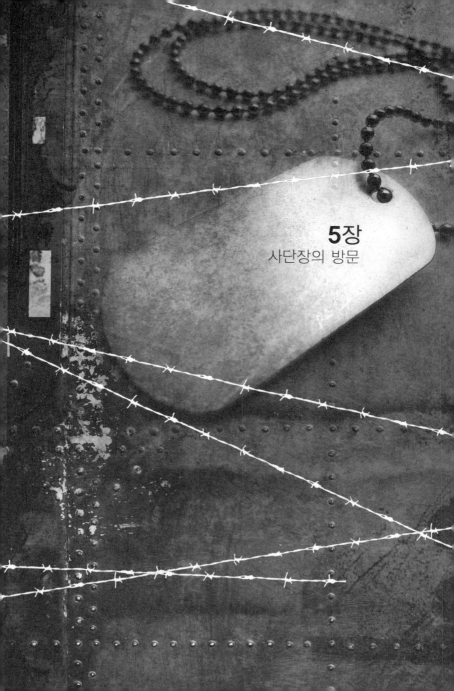

5장
사단장의 방문

언제나 재앙은 예고 없이 갑작스럽게 등장하는 법이다.

물론 군대 내에도 적용되지 말라는 규칙은 없다. 그것이 설사 자연재해든 아니면 인적인 재앙이든 말이다.

통보도 없이 벌써 사단장의 차가 123 포병대대를 향해 출발했다는 소식에 전 대대가, 아니, 연대급으로 비상령이 발동되었다.

"대대장님! 지금 연대장님께서 연락 왔습니다!"

"빨리 바꿔봐!!"

대대 상황실에서 키를 받은 대대장이 목청을 높이며 경례한다.

"태~풍!!"

"사, 사단장님이 그쪽으로 가신다는 정보가 사실인가?!"

"예, 그렇습니다! 저도 방금 막 전해 들은 소식이라 반신반의합니다만… 확실한 거 같습니다!"

"으음, 큰일이군, 큰일이야! 수여식 준비는 어찌 되어가고 있지?"

"지금 대대 전 병력을 투입해서 작업시키고 있습니다!"

"일 났군. 표창장 수여식에 참가하는 그 이등병은 어찌 되었는가? 제대로 교육시켰겠지?! 이제 막 입대한 신병인데, 제대로 교육시키라고!"

"아, 알겠습니다!"

수화기를 내려놓은 대대장의 표정에 당혹감과 동시에 난감함이 스쳐 지나간다.

사단장의 위엄! 이제 막 전입해 온 신병이 그 위엄을 어찌 알겠는가. 훈련소에서 아무리 높은 계급이라 해도 대대장급 이상은 아마 본 적이 없을 것이다.

사단장 앞에서 어떤 식으로 대화하고, 어떤 식으로 말해야 하는지도 하나하나 철저하게 교육시켜야 하는데, 아무래도 사단장과 직접 대면이라는 시련이 고작 전입 이틀째인 이등병에게 있어서는 커다란 시련이 아닐까 싶다.

"큰일이군, 큰일이야."

대대장이 낮게 침음을 흘리며 절망 어린 시선으로 대대 상황실 한쪽 구석에 있는 의자에 털썩 앉는다.

대재앙이 벌어진 지 20분이 지나고 있다.

사단장의 차가 도착하기까지 앞으로 10분밖에 남지 않았다는 소식에 현재 제1포대 포대장의 뇌세포는 기능이 정지될 정도이다.

"그, 그러니까 사단장님과 대화를 하게 되면… 여, 여하튼 무조건 각 잡고 목소리 크게! 알겠나!"

"예, 알겠습니다!!"

포대장에게 교육을 받는 도훈이지만 고작해야 5분도 채 되지 않았다.

"아, 돌아버리겠네!"

포대장이 머리를 박박 긁어대며 자신을 한탄한다.

이럴 줄 알았으면 미리 이등병에게 교육을 시켰을 텐데 말이다. 아무것도 모르는 신병이 홀로 사단장과 마주한다면 예상치 못한 실수를 하게 되어 있다.

행여나 말실수라도 한다면 그대로 포대장의 눈앞에 진급 심사 탈락이라는 장애가 놓일지도 모른다.

이 모든 것을 도훈의 양어깨에 걸어야 한다.

어제 막 전입해 온 신병에게 걸기에는 그 무게가 상당하지만 포대장은 그 방법밖에 없었다.

한편,

우왕좌왕하는 행정실의 간부들과는 반대로 도훈은 침착하게 머릿속을 정리하고 있었다.

명경지수(明鏡止水)의 마음가짐.

분명 이건 도훈에게 있어서 군 생활 최대의 위기일 수도 있었다. 사단장과 홀로 마주쳐야 하니까 말이다. 하다못해 옆에 대대장이나 연대장이라도 같이 있다면 중간에 말이라도 맞춰주면서 얼렁뚱땅 넘어갈 수도 있는데, 수여식 이후 '사단장과 일대일 특별 면담'이라는 일정 때문에 지금 대대장과 포대장은 멘탈 붕괴를 일으키고 있다.

다른 간부들이 참여하지 않고 오로지 도훈과 사단장의 일대일 면담!

"포대장!!"

행정실 문을 거칠게 열며 단숨에 제1포대 막사까지 뛰어온 대대장이 다급하게 말한다.

"준비는, 준비는 차질 없이 된 거겠지?!"

"최, 최선을 다하고 있습니다!!"

"이번에 내 진급 여부도 결정되네! 물론 자네도 마찬가지야! 여기서 대령 진급 못하면… 그리고 자네도 소령 진급 못하면 우린 둘 다 끝장이라고!"

대대장이 연신 포대장의 어깨를 붙잡으며 강조한다.

"실수는 용납할 수 없네! 이건 명령이다!"

"예, 알겠습니다!"

구석에서 이들의 당황해하는 모습을 지켜보고 있는 도훈도 긴장의 끈을 놓지 않고 있다.

대대장이 마침 이도훈의 모습을 발견했는지 황급히 발걸음을 옮겨 도훈에게 다가온다.

"잘할 수 있을 거라 믿네!"

"맡겨주시기 바랍니다!"

기운차게 대답은 했지만 역시나 이 무게감은 감당하기 힘들다.

아무리 도훈이 말년병장으로서 스킬이 능하다고 하나, 사단장과의 일대일 면담에 그 스킬들이 도움이 되는 것은 아니다.

뭔가 필살기가 필요하다.

"저, 잠시 화장실 좀 다녀오겠습니다!"

"무슨 일이지? 몸 상태가 안 좋은가?"

대대장이 하얗게 질린 얼굴로 도훈에게 묻자, 도훈이 별일 아니라는 듯이 대답한다.

"배가 아파서 그렇습니다!"

"빨리 가서 싸고 오게!"

"예!"

이렇게 해서 일시적으로 혼자만의 시간을 가지게 된 도훈은 빠르게 화장실로 이동했다. 대기 기간 중에는 혼자 다니게 할 수 없다는 자체적인 규칙이 있지만, 지금은 행정실이 사단장의 방문 때문에 매우 혼란스러워 도훈이 혼자서 화장실을 가겠다고 했음에도 불구하고 아무도 따라오지 않는다.

'좋았어.'

도훈의 계획대로다. 화장실에 아무도 없음을 깨달은 도훈이 급하게 누군가를 호출한다.

"다이나, 빨리 튀어나와 봐!!"

다급한 목소리에 금방 사라락 소리와 함께 아무것도 없던 공간에 모습을 드러낸 다이나가 순간 자신이 소환된 장소를 보더니 이내 질린 표정으로 말한다.

"…뭐야, 이 더러운 장소는?"

"더럽고 나발이고 어쨌든 너, 지금까지 내 상황을 모니터링하고 있었지?"

"대충 무슨 상황인지는 알아. 사단장이라는 사람이 오고 있다며."

"그래, 그거야!"

가뜩이나 시간도 없는데 다이나에게 지금까지의 일을 일일이 설명해 주지 않아도 된다는 사실에 도훈은 안도의 한숨을 내쉬었다.

사단장이 도착하기까지 앞으로 남은 시간은 5분.

그때까지 빨리 대대 연병장으로 가야 한다. 워낙 사단장이 통보도 안 하고 갑자기 방문하기 때문에 수여식 연습이고 뭐고 할 시간이 없었다. 그냥 가면 무조건 수여식을 시작하는 급박한 상황이라는 뜻이다.

"저번에 네가 나한테 준 그… 기억 재생 장치 좀 줘봐!"

"이럴 때 그게 도움이 돼?"

"잔말 말고 빨리!"

"…알았어."

이번만큼은 도훈의 말에 순순히 협력하리라 마음을 굳힌 다이나가 금세 휴대용 게임기의 모습인 이도훈 기억 재생 장치를 소환한다.

어차피 다이나도 지금 이 상황이 얼마나 급박한지 알고 있기에 순순히 도훈의 요구에 따라준 것이다. 물론 다이나는 사단장이 누구기에 이들이 이리도 겁에 질린 표정으로 우왕좌왕하는지는 알 수 없다. 그냥 그러려니 하는 것이다.

하지만 일반 사병에게 있어서 사단장이란 존재는 매우 무서운 인물로 손꼽힌다.

사단장이 부대의 산이 마음에 들지 않는다고 하면 그 산을 옮겨야 하고, 부대가 삭막하다 하면 분수대라도 만들어야 한다.

그것이 바로 사단장의 힘!

일반 사병은 보기도 힘든 별의 계급인 사단장의 포스에 아무도 토를 달 수가 없다. 아니, 오히려 사단장이 하라고 지시하면 총 한 자루를 들고 북한군을 향해 돌진해야 하는 상황이 올지도 모른다.

군대는 철저한 계급사회이기 때문이다.

다이나에게서 기억 재생 장치를 돌려받은 도훈은 필사적으로 자신이 상병일 때의 기억 파일을 찾았다.

역시 다이나라 그런지 도훈의 기억이 파일명으로 폴더에 꼼꼼히 저장되어 있다. 이 기억 재생 장치만 있으면 도훈이 화장실에 들어가서 첫 번째로 했던 상상 딸딸이도 언제, 어떻게 했는지 금세 알 수 있을 정도로 상세하게 나열되어 있다.

설마 다이나가 이걸 악용해서 자신의 부끄러운 과거를 보는 건 아닐까 하는 의심도 들었지만 지금은 상황이 상황인지라 재빠르게 상병 파일을 재생시켰다.

분명 도훈의 기억으로는 과거 2년 동안 딱 한 번 사단장을 만난 기억이 있다.

전방 포대로 부대를 이전한 뒤 정확히 12월 31에서 1월 1일 사이에 사단장이 전방 포대 방문 겸 병사들을 격려해 준다는 의미로 부대에서 동숙한 적이 있다.

물론 그때도 부대가 한바탕 뒤집어진 것은 말할 필요도 없다. 고작 방문하는 것도 무서워 죽겠는데 동숙이라니! 그 동숙을 위해 전 병력이 막사를 한 달 동안이나 청소한 기억이 있다.

'있을 거다. 참고할 만한 자료가 분명 있을 거다.'

사단장에 대한 정보를 최대한 알아내야 한다.

약점이라도, 혹은 어필시켜 좋을 만한 점이라도 알아내야 도훈이 사단장과 일대일 면담에서 쓸 카드의 폭이 넓어질 것이다.

'다 필요 없고, 오로지 순수하게 정보 싸움이다.'

상대방과 대화를 할 때는 필히 그 상대방에 대한 정보를 갖추고 있어야 한다. 그게 사업 협상 자리이든, 아니면 남자와 여자가 처음으로 만나는 미팅 자리이든 말이다.

한참 동안 기억 재생 장치를 돌려보던 도훈에게 다이나가 팔짱을 낀 채 단아한 숏컷을 매만지며 묻는다.

"뭔가 힌트가 될 만한 거라도 찾았어?"

"아니. 전혀."

"빨리 하는 게 좋을 거야. 이제 정말 시간이 얼마 남지 않았어."

"나도 알고 있다니까!"

보기 드물게 도훈이 성을 낸다. 아무리 귀찮아도 여성을 상대로 화를 내는 도훈이 아닌데. 순간 기분이 울컥한 다이나였지만 침착하게 마음을 다스린다.

'…저 녀석도 지금은 예민하겠지.'

다이나는 무엇보다도 이도훈 서포터즈의 팀장. 다른 누구보다도 냉정하고 이성적으로 판단해야 하는 존재다.

만약 앨리스였다면 이도훈의 이런 태도에 서러워 엉엉 울었을 테지만 다이나는 침착하게 침묵으로 일관한다.

"바로, 바로 이거다!"

"뭐가?"

"내가, 내가 왜 이 기억을 못하고 있었지?!"

그렇다. 드디어 도훈은 찾아냈다.

지나가듯 흘린 사단장의 한마디에 도훈은 모든 계획을 구상할 수 있었다.

사단장과의 일대일 면담.

도훈은 이 엄청난 시련을 오히려 기회로 만들 수 있는 계략을 완성시켰다.

"말년병장이자 꼬장의 신이라 불리던 나의 순간적인 기질을 무시하지 마라! 하하하!"

광적인 웃음을 보이는 도훈을 지그시 바라보던 다이나는 '이게 드디어 미쳤나?' 하는 생각을 품었다.

"부대 차렷!"

위병소부터 다가오는 별의 포스.

이미 도훈은 대대장, 그리고 포대장과 함께 연병장에서 사단장이 오는 순간만을 기다리고 있었다. 대대 전 병력 중 신체가 건강하고 키가 큰 인원만 모아 오와 열을 맞춰 대대 연병장에 집합을 시켜놓은 대대장은 포대장과 함께 후다닥 사단장이 타고 있는 차량으로 뛰어갔다.

"태~풍!!"

지금까지 살면서 가장 크게 외친 거수경례가 아닐까 하는 생각이 들 정도로 대대장의 목소리는 우렁찼다.

그러자 차에서 내린 사단장이 별이 새겨져 있는 전투모를 자랑이라도 하듯 손을 올려 대대장의 거수경례를 마주 받아 준다.

"음. 준비는 다 되었나?"

"예, 그렇습니다!"

"그럼 바로 시작하지."

사단장이 고개를 끄덕이곤 타고 온 차를 가리키며 말한다.

"리아야, 시작하자꾸나."

"예, 사단장님."

아리따운 목소리와 함께 차에서 모습을 드러낸 이는 다름이 아닌 여군이다.

계급은 소위. 이제 막 임관했는지 아직 다이아 하나에 때도 끼어 있지 않으며, 펑퍼짐한 전투복 위로 여성의 매력적인 굴곡 있는 몸매를 보여주기라도 하듯 날씬한 라인이 얼핏 보인다.

게다가 외모 또한 귀엽다. 여군이라는 직업 때문에 그런지 머리를 묶은 상태지만 만약 머리를 풀고 평범한 여성복을 입는다면 말 그대로 여신 소리깨나 들을 정도로 예쁜 여군이 사단장과 함께 등장했다.

종종걸음으로, 그러나 나름 여군의 위엄을 지키기 위해서 인지 각을 잡으며 걸어오는 여군의 모습에 사단장이 귀엽다는 듯 한 손으로 작은 머리를 쓰다듬는다.

"허허, 우리 리아, 많이 긴장했나 보구나."

"…사단장님, 일개 소위에게 이렇게 잘해주시면 안 됩니다. 부하들에게 본보기가 되질 못합니다."

"어허, 내 친딸 같은 아이인데 이 정도 관심도 표현 못하나."

"아무리 사적인 관계로 저의 삼촌이 되신다 해도 군인으로서의 신분에 어울리는 대접을 받아야 한다고 생각합니다."

"으으음, 그렇구나."

또박또박 똑 부러지게 이야기하는 리아의 말에 잠시 서글픔을 느끼는 사단장이었지만, 어쩔 수 없다는 듯 한숨을 내쉬며 귀여운 조카딸의 머리를 쓰다듬던 손길을 뗀다.

유독 조카딸을 귀여워하는 철부지 삼촌에서 다시 사단장으로의 모습으로 돌아온 그가 헛기침을 하며 단상에 오른다.

그러자 급하게 섭외한 군악대가 연주를 시작하고, 곧장 이도훈의 표창장 수여식이 시작되었다.

강단 바로 앞에서 지금까지 사단장과 유리아의 관계를 유심히 지켜보던 도훈이 머릿속으로 환호를 내지르기 시작한다.

'역시 내 추측이 틀리지 않았군.'

사실 표창장 수여식을 연습하지 않고 바로 시작한다는 것도 문제가 있지만, 도훈에게는 그게 문제가 아니라 바로 사단장 일대일 면담에서 어떻게 살아남을(?) 수 있을지 하는 것이다.

어차피 수여식 같은 경우는 충분히 소화 가능하니까 말이다.

지금까지 몇 번이나 공식 행사를 경험해 왔는가. 물론 표창장 수여식의 장본인이 된 경우는 이번이 처음이지만, 그렇다고 이제 막 자대로 전입해 온 신병과는 차원이 다른 노하우를 지니고 있다.

그리고 기억과 경험이 있다. 도훈은 아주 우렁차게 관등성명을 외치며 어느새 사단장이 건네주는 표창장을 받았다.

"이병 이도훈! 감사합니다!"

"음. 잘했어, 잘했어. 자네의 공이 아주 컸네. 허허."

가볍게 웃으면서 도훈을 한 번 툭 쳐주는 사단장, 그리고 그 뒤에는 무뚝뚝하게 박수를 쳐주며 같이 도훈의 용기를 칭찬하는 유리아도 있다.

소위임에도 불구하고 그녀를 함부로 대하지 못하는 이유는 바로 사단장의 조카라는 사실 때문이다.

도훈은 이 관계를 철저하게 공략할 것이다. 그것이 바로 사단장과의 일대일 면담에서 승리로 향하는 길이리라.

표창장 수여식을 무사히 마치고 나서 드디어 대대장과 포대장이 가장 걱정하는 일대일 면담 시간이 다가왔다.

대대장실을 일시적으로 빌리게 된 사단장은 위엄 넘치는 모습으로 맞은편에 서 있는 도훈에게 손짓한다.

"이리 와서 앉게."

"예!"

사단장과 이렇게 단둘이서 대화를 나누는 건 처음이다. 게다가 여기는 민간 사회에서 가지는 사적인 술자리도 아니고 제대로 계급장이 붙어 있는 군대에서의 만남이다. 절대로 실수해서는 안 된다.

도훈은 사단장이 무엇을 좋아하는지, 그리고 어떠한 취미를 지니고 있으며 무슨 색깔을 좋아하는지, 어떤 종류의 이야깃거리를 좋아하는지 도통 모른다.

하지만 한 가지 확실한 건 알 수 있었다.

"사단장님, 꼭 드리고 싶은 질문이 있습니다!"

"으음, 뭔가?"

무표정으로 도훈의 질문을 허락하는 사단장에게 드디어 도훈이 필살기를 발동시킨다.

"같이 오신 어여쁜 소위님은⋯ 사단장님의 따님이십니까? 역시 사단장님의 친따님답게 아름다우셨습니다!"

"⋯⋯!"

유리아가 자신의 친딸이라니.

험악하게 생긴 사단장과 어여쁘고 눈에 넣어도 안 아플 유리아가 자신의 친딸 같아 보이다니.

순간 사단장은 망치로 뒤통수를 얻어맞은 듯한 충격을 받으며 다시 물었다.

"정말… 유리아와 이 사단장이 부녀지간으로 보인단 말인가?"

"그렇습니다! 부인할 수 없을 정도로 분위기라든지 여러모로 꼭 가족 같습니다!"

"아니, 자네!!"

사단장이 갑자기 테이블을 벼락처럼 내려치며 자리에서 벌떡 일어선다.

바깥에서 창문에 귀를 기울이고 몰래 엿듣고 있던 대대장과 포대장은 '야, 이 미친 새끼야! 그딴 말을 왜 해!' 라는 듯한 표정을 지어 보인다.

사단장은 한 번 화내면 불같이 화를 낸다는 소문이 자자한 사람이다. 게다가 남들과는 다른 삶을 살아왔기에 그의 불같은 성격은 그 누구라도 꺼뜨리지 못한다.

결국 신병이 사고를 저질렀구나 하고 후회막심한 대대장은 포대장의 머리를 사정없이 잡고 흔들며 외친다.

"포대장! 내가 뭐라고 했는가! 그렇게 조심하라고 일렀거늘!!"

"죄송합니다! 죄송합니다, 대대장님!"

거의 울부짖으며 사죄하는 포대장과 이를 죽일 듯이 바라보는 대대장의 귓가에 사단장의 다음 말이 이어진다.

"하하하! 그래, 그래. 나와 유리아가 부녀지간처럼 보인단 말이지? 하하! 훌륭해! 아~주 훌륭해! 자네 이름이 뭐라고 했지?"

"이병 이도훈입니다!"

"내 지금 당장 9박 10일 포상휴가를… 아니야, 아니야. 그 정도로는 모자라. 휴가를 줄 수 있는 기간이 얼마나 되지? 최대한 줄 수 있는 만큼 주겠네."

예상치 못한 시나리오다.

역정을 내리라 생각한 사단장의 기분이 지금까지 대대장과 포대장이 본 적이 없을 정도로 잔뜩 업(Up)되어 있지 않은가.

고작해야 유리아와 사단장이 부녀지간 같다는 말만 했을 뿐인데.

하지만 다 철저하게 계산된 도훈의 발언이었다.

기억 재생 장치에서 본 것은 다름이 아닌 동숙을 하기 위해 사단장이 방문하기 30분 전 행정실에서 나왔다.

'그러고 보니 사단장님이 매번 부대를 방문할 때마다 데리고 다니는 예쁜 여군이 있다는데… 사실입니까?'

당시 당직사병이 당직을 서고 있던 행보관에게 물은 말이다. 도훈은 그때 외곽 근무를 마치고 나서 행정실에서 총기를 정리하며 우연히 그 대화를 듣고 있었다.

'흠. 그렇지. 그 아이가 실은 사단장님의 조카딸인데, 거의 자기 친딸처럼 데리고 다니지.'

'괜찮은 겁니까, 그거?'

'들은 바로는 사단장님께서 예전에 엄청 귀여워하시던 딸이 있었는데… 불치병으로 인해 사망했다고 하더군. 아마도 그 딸의 모습이 유리아라는 여군 아가씨와 겹쳐 보이는 게 아닐까 싶어.'

'그런 사연이……'

'그리고 그 유리아라는 아가씨도 딱하더만. 일찍 돌아가신 부모님 탓에 고아가 될 신세였는데 당시 삼촌인 사단장님께서 직접 맡아 길러오셨다고 하더군.'

친척이지만 부녀지간이 될 수 없었던 그와 그녀.

사단장은 유리아를 친딸처럼, 그리고 유리아는 사단장을 친아버지처럼 따랐다.

하지만 이들의 관계를 세상은 삼촌과 조카딸이라고밖에 표현하지 않았다.

한 번도 부녀지간이라는 것을 인정해 주지 않았기에 이들로서는 그게 알게 모르게 상처가 되었던 것이다.

그래서 사단장은 계속해서 유리아를 데리고 다니며 친딸처럼 대했고, 유리아는 그게 고마운 일이긴 하지만 군인 신분으로서 자신을 다른 여타 군인과 똑같이 대해주길 바랐다.

그런 언밸런스한 심정 덕분에 유리아에게 사단장은 한 번도 '아빠' 라는 호칭을 듣지 못했다.

그게 한이 되었는지 타인에게만큼은 자신이 유리아의 아빠처럼 보인다는 소리를 듣는 게 어느 순간 사단장으로서는 가장 기쁜 요소가 되어버린 것이다.

바로 그것을 도훈은 재빠르게 파악할 수 있었다.

기억 재생 장치로부터 흘러나온 하나의 힌트 조각으로 이들의 관계를 유추하고 결국 사단장에게 최대한 자신을 어필할 수 있는 승리로 이 모든 시나리오를 구성한 것이다.

"거기 밖에 있는 대대장!"

"예, 예!!"

창문을 통해 대대장의 인기척을 진작부터 느끼고 있었는지 사단장이 지시를 내린다.

"당장 유리아를 데려오게! 당장!"

"예, 알겠습니다!"

부리나케 유리아에게 사단장이 부른다는 사실을 통보하자 유리아가 빠른 걸음으로 대대장실 안으로 들어온다.

"무슨 일이십니까, 사단장님?"

앳돼 보이는 그녀에게 사단장이 허허 웃으며 말한다.

"아니, 글쎄 우리가 부녀지간처럼 보인다고 하지 않느냐! 하하! 그래서 내 당장 이 이등병에게 한 달 휴가를 주려고 하는데……."

"안 됩니다, 사단장님. 규정상 어긋나는 일은 할 수 없습니다."

"어허, 이 사단장의 기분을 뭐로 보고."

"그래도 안 됩니다."

자꾸 고집을 피우는 사단장에게 딱 잘라 안 된다고 당당하게 말할 수 있는 몇 안 되는 인물이 바로 유리아다. 사단장은 유리아에게만큼은 매우 약한 인물이었으나, 도훈이 순간적으로 사단장에게 헛기침을 하며 무언의 신호를 보낸다.

"어험. 어떻게 해서든 사단장님께서 저에게 휴가를 내리는 걸 포기하지 않으시겠다면… 제 휴가 대신 유리아 소위님이 사단장님에게 '아빠'라고 한번 말씀해 주시는 것으로 저는 이번 휴가를 거절하도록 하겠습니다."

"그, 그게 무슨……!"

유리아의 얼굴이 새빨개진다. 지금까지 한 번도 불러본 적이 없는 '아빠'라는 단어가 순식간에 사단장의 귀를 휘어잡는다.

순간적으로 도훈이 사단장에게 가볍게 윙크를 하며 무언의 신호를 보낸다.

도훈의 의도를 눈치챈 사단장 역시도 헛기침을 하며 외친다.

"나도 죽어도 이 휴가 제안을 철회하지 않겠네!"

"……"

"유리아 소위님, 사단장님의 고집을 꺾을 수 있는 건 소위님의 말 한마디뿐입니다."

말도 안 된다는 식으로 도훈과 사단장을 바라보는 유리아.
이대로 가다가는 정말로 사단장이 도훈에게 한 달의 포상휴
가를 줄지도 모른다.

유리아의 입장에서는 말도 안 되는 상황이다. 아무리 이 이
등병이 훈련소에서 지대한 공을 세웠다고 해도 규율을 어기
면서까지 과도한 휴가를 주겠다니. 고집을 피우는 사단장의
심정을 이해 못하는 유리아지만 어쩔 수 없다는 듯이 항복 선
언을 한다.

"아… 빠……."

"……!!"

얼굴을 새빨갛게 물들이며 전투모로 작은 얼굴을 가리는
유리아의 용기 있는 말에 순간적으로 사단장의 눈시울이 붉
어지기 시작한다.

몇십 년 만에 듣는 '아빠'라는 단어인가. 그동안 양부로서
남들의 모진 시선을 견디며 묵묵히 유리아를 길러온 사단장
의 마음이 유리아의 아빠라는 한마디에 눈 녹듯 내려앉는다.

"최고다! 오늘은 정말 내 인생에 있어서 최고의 날이야! 하
하하! 다 자네 덕분이야! 자네 덕분에 내가 드디어 우리 사랑
스러운 딸에게 아빠라는 말을 들었네!"

"그렇게 말씀해 주시니 감사합니다, 사단장님."

누이 좋고 매부 좋고.

그동안 양부로서의 관계를 가족 이상으로 좁힐 수 있게 된 사단장과 유리아의 사이에서 도훈은 또 다른 승리자로 군림할 수 있었다.

*　　*　　*

대대장실에서 나오자마자 사단장이 대대장과 포대장을 찾는다.

"이번 신병, 제대로 교육시켰구만! 아주 마음에 들어! 하하!"

"가, 감사합니다!"

대대장이 생과 사를 넘나드는 롤러코스터라도 타고 온 양 식은땀으로 잔뜩 젖었다가 이제 다 말라 버린 전투복을 입은 채 얼떨결에 대답한다.

그러자 사단장이 대대장의 어깨를 툭툭 두드려 주며 말한다.

"이번에 자네 진급 시험 있지?"

"예, 그렇습니다!"

"흐음. 내가 손을 좀 써주겠네. 오늘 일의 보답으로 말이야."

"감사합니다!!"

"거기 포대장도 마찬가지. 소령 진급, 기대하고 있게나."

"예, 감사합니다!!"

포대장과 대대장이 감격에 차오르는 눈동자로 신병 못지않은 거수경례를 선보인다. 그러자 사단장이 연신 기분이 좋다는 듯이 웃으면서 따라 나오는 유리아를 부른다.

"이제 슬슬 가자꾸나, 내 딸아."

"…아무리 그래도 공무상으로는……."

"어허! 아버지가 딸을 찾는데 공무가 무슨 대수인가!"

이번만큼은 사단장의 기분을 맞춰줘야 한다는 생각이 들었는지, 아니면 유리아도 이렇게 삼촌과 마음의 거리를 좁히게 되어서 기분이 좋은지 미약하게 한숨을 내쉬며 어쩔 수 없다는 듯이 말한다.

"이번 한 번만입니다."

"그럼! 대신 집에서는 언제든지 이 아빠에게 애교 부려도 된다."

"제가 언제부터 애교를 부렸다고……."

볼을 살짝 부풀리며 퉁명스럽게 말하는 유리아의 반응이 너무나도 귀여운지 연신 머리를 쓰다듬는다.

아버지 같은 삼촌을 동경에서 군인으로서의 꿈을 꾸고 있는 유리아이기에 오늘 같은 일이 벌어질 줄은 꿈에도 몰랐다.

예상치 못한 작은 기적.

그 속의 중심에 서 있는 인물은 유리아도 사단장도 아니었다.

바로 이도훈!

"거기, 자네."

"이병 이도훈!"

"내 오늘 자네 덕분에 기분이 정말 좋구만. 앞으로 자주 얼굴 좀 보러 와야겠어. 하하하!"

순간 도훈의 정신이 크게 한 방 먹은 듯 쇼크를 일으킨다.

그건 아니 될 소리라고 소리를 치고 싶었지만, 감히 사단장에게 그런 말은 하지 못한다. 이제 막 전입해 온 신병이 부대를 자주 방문하겠다는 사단장에게 오지 말라고 소리칠 수 있겠는가.

대대장과 포대장도 방금 전까지는 진급 시험에 관련해서 기분이 좋았지만, 자주 부대를 방문하겠다는 말에 또다시 얼굴이 새파랗게 질린다.

아마도 병사들이 사단장의 말을 들었다면 기절했을지도 모른다.

그러자 사단장이 부대를 방문할 때마다 해당 부대가 얼마나 많은 신경을 써야 하는지 아주 잘 알고 있는 유리아가 사단장의 말에 끼어든다.

"한 부대만 편애하는 것은 사단장으로서 어긋나는 일입니다. 그건 제가 허락할 수 없습니다."

"흐음……."

"그리고 사단장님도 알고 계시지 않습니까? 상관이 자주 부대에 모습을 드러내면 부하로서 여러모로 스트레스를 받는다는 거 말입니다. 이도훈 이병에게 괜히 그런 신경 쓰게 하고 싶지 않습니다. 사단장님의 발언은 은혜를 갚는다기보다는 오히려 은혜를 원수로 갚는다는 말과 같다고 생각합니다."

"과연. 그렇다면 어쩔 수 없지."

사단장이 고개를 끄덕이며 유리아의 말에 수긍한다. 감히 중령도, 대위도 어찌하지 못하는 사단장을 고작 소위가 이래라저래라 할 수 있다니 이게 다 가족의 힘이 아닐까 싶다.

"우리 영특한 딸은 타인의 마음도 잘 생각해 주는군. 이 사단장이 잠시 본분을 망각했네."

사단장의 말에 대대장이 아니라는 듯이 크게 목청을 높인다.

"처, 천만의 말씀입니다! 사단장님의 방문은 언제라도 환영입니다!"

물론 거짓말이다. 말로나마 이렇게 해야 그나마 사단장의 기분을 좋게 만들 수 있지 않겠는가.

사단장도 대대장의 빈말을 진심으로 이해할 정도로 눈치가 없는 사람은 아니다. 군 생활을 몇십 년 동안 해오지 않았는가. 유리아의 말은 이미 사단장으로부터 충분히 공감을 산 지 오래다.

"아무튼 오늘은 참 고맙구만. 내 저기 이등병에게 마음 같아

선 정말 한 달 포상휴가를 주고 싶지만 어쩔 수 없지. 4박 5일 포상휴가로도 괜찮겠는가?'

도훈에게 의사를 묻자 도훈은 그것도 감지덕지하다는 듯이 외친다.

"정말 감사합니다, 사단장님!"

"허허, 그럼 난 슬슬 가봐야겠네. 가자꾸나, 유리아."

"저… 사단장님."

잠시 말을 끊은 유리아가 사단장에게 넌지시 말을 건넨다.

"저 이병과 잠시 할 말이 있어서 그렇습니다만……."

"음, 그래? 그렇다면 난 대대장과 포대장하고 잠시 이야기 좀 나누고 있어야겠구만. 언제쯤 끝날 거 같으냐?"

"얼마 안 걸립니다. 길어야 5분 정도 될 듯싶습니다."

"설마 저 남자에게 반한 게냐?"

순간적으로 얼굴이 새빨개진 유리아가 크게 소리치며 반응한다.

"벼, 별도로 고마움을 표시하려고 했을 뿐입니다!"

"20대라면 남자 친구 정도는 만들어도 될 것을. 너무 그렇게 자신을 군인이라고 몰아붙이진 말거라. 어차피 군에는 넘쳐나는 게 남자니까 그중에서 하나 낚아채도 괜찮고. 난 저 이병도 꽤나 마음에 든다만. 사나이답고 무엇보다 배포가 있어. 이 사단장 앞에서도 전혀 쫄지 않는 그런 배포! 아주 마음에 들어!"

"정말……."

골치가 아프다는 듯이 머리를 지그시 누른 유리아가 이도 훈에게 따라오라는 듯이 말한다.

"잠시 이야기 좀 할 수 있을까?"

"예, 유리아 소위님."

고작 감사의 말 한마디를 전하기 위함인데, 굳이 자신을 따로 불러낼 필요가 있을까.

미약하지만 도훈은 불안한 감정을 느낄 수밖에 없었다.

부대를 한 바퀴 도는 형태로 같이 걸어가고 있던 유리아가 전체적인 부대 모습을 보더니 나지막이 말한다.

"상당히 경치가 좋은 곳이네."

왼손으로 햇빛 가리개를 만들며 여기저기 관람하듯이 살펴본다. 본래 부대 관리 상태를 파악하는 건 사단장의 몫이 아닌가. 그런데 정작 그 사단장은 대대장과 포대장을 데리고 담소를 나누는 중이다. 물론 대대장과 포대장은 담소라고 생각하지 않겠지만 말이다.

그리고 소위인 유리아가 부대 시찰을 하고 있다. 아니, 시찰이라기보다는 순수하게 부대를 구경하는 듯한 모습이다.

"공기도 좋고… 이 정도면 괜찮으려나."

"잘 못 들었습니다."

"아, 아니, 아무것도 아니야. 방금 그 말은 잊어줘."

당황한 유리아가 손을 절레절레 흔들며 도훈에게 필사적으로 자신의 말을 못 들은 척해 달라는 제스처를 취한다.

아직 소위 계급장을 단 지 얼마 안 되서 그런 것일까. 간혹 튀어나오는 20대 여성의 모습이 군인이라는 직책과 묘하게 언밸런스하게 다가오며 이유 모를 귀여움을 선사해 준다.

마치 어른스러운 연기를 하려는 앨리스의 모습을 보는 듯한 기분이랄까.

"이쪽 올라가는 길은 어디지?"

유리아가 산길을 가리키자 도훈이 거침없이 대답한다.

"초소가 있습니다."

"그럼 한번 올라가 볼까?"

"……."

역시 수상하다.

부대를 구경하기 위해 온 것은 아닌 것처럼 보인다. 그렇다고 부대 시찰은 아니다. 부대 내에 위치한 건물들이라든지, 부대 환경 같은 것에 신경 쓰고 있는 모습으로밖에 보이지 않는다.

초소 구경도 초소의 상태를 점검하기 위한다는 목적이 아닌 단순히 위치를 파악하고 싶다는 의지가 강하게 느껴진다.

어째서 그녀는 이런 이유 모를 행동을 하는 것일까?

애초에 왜 유리아는 사단장과 함께 이 부대에 온 것일까?

아무리 사단장이 딸바보라 해도 매번 자신이 방문하는 부대에 유리아를 일일이 데리고 다니진 않을 것이다. 그렇다면 이번이 특별한 케이스라는 말인데.

'…모르겠어.'

유리아의 행동이 지니고 있는 의미도, 그리고 그녀가 왜 자신을 데리고 다니면서 부대 주변에 대한 안내를 부탁하는지도 잘 모르겠다.

한편, 초소에서 근무 중이던 인물은 다름 아닌 한수와 김대한. 처음 보는 여성 소위의 등장에 잠시 당황했지만, 이내 당황하지 않고 초소 주변에서 서성이는 소위에게 받들어총으로 경례한다.

"태풍!"

"태풍."

제1포대뿐만 아니라 대대 자체에 여군이 없다. 그래서 병장 계급을 달고 있는 김대한조차도 여군을 보는 일은 손가락으로 꼽을 정도이다.

"여기가 초소……."

가파른 산길을 올라온 유리아가 한눈에 들어오는 부대의 전체적인 모습을 바라본다.

역시 모르겠다.

아무리 도훈이 눈치가 좋고 임기응변에 능하다 해도 지금 이 상황에 대해 잘 모르겠다.

"야, 이도훈."

김대한이 손으로 이도훈에게 후딱 오라는 신호를 보낸다. 잠시 산 밑의 풍경을 관람 중이던 유리아에게서 떨어진 이도훈이 조용한 발걸음으로 초소를 향해 다가간다.

"저 소위, 도대체 누구야?"

"사단장님 조카따님이십니다."

"사, 사단장님?"

순간 심장마비가 걸릴 뻔한 김대한과 한수였지만 재빠르게 다시 정신을 차린다.

"아니, 사단장님 조카따님이 왜 우리 부대 순찰을 도는 거야?"

"그건… 저도 잘 모르겠습니다. 갑자기 저에게 할 말이 있다고 하더니 정작 할 말은 안 하고 이리저리 끌려 다니는 중입니다."

"안내원이냐? 그것보다 너, 우리 부대 어느 곳에 뭐가 있는지도 잘 모르는데 용케도 저 예쁜 소위 아가씨 잘 데리고 다닌다?"

"앗차."

순간 생각지도 못한 반론을 당한 도훈이 재빠르게 핑계를 떠올린다.

도훈의 신분은 어제 막 전입해 온 신병. 하지만 그런 도훈이 어째서 대대 전체의 건물 위치라든지 정보를 어떻게 다 알고 있을까.

그 점이 김대한의 궁금증을 불러일으킨 것이다.

"어, 어제… 행정실에 하루 종일 있을 때 걸려 있던 대대 현황판 지도를 보고 외웠습니다!"

"우와! 장난 아니네. 그것보다 그게 가능한 일이냐?"

김대한이 의심 섞인 눈초리를 보냈지만 뜻밖으로 구원의 손길을 보낸 것은 다름 아닌 한수였다.

"이 신병이라면 가능하지 않겠습니까. 난생처음 보는 견인 곡사포 명칭도 대답했는데."

"하긴 넌 A급 신병이니까."

김대한도 납득했다는 듯이 고개를 끄덕인다. 어찌 잘 넘어가나 싶더니 이제는 유리아가 이도훈을 호출한다.

"이도훈 이병, 이제 슬슬 내려가지."

"예, 유리아 소위님."

산길을 내려가려는 순간, 앞서 내려가려던 유리아를 잠시 불러 세운 도훈이 다른 제안을 한다.

"소위님, 내려가는 산길은 가파르니까 제가 먼저 앞장서겠습니다."

"…여자라고 무시하는 건가? 이 정도 산길은 나도 문제없이 내려갈 수 있어."

"그게 아닙니다. 행여나 소위님께서 내려가시다가 발목이라도 삐긋하신다면 저희 대대 입장에서 상당히 불편한 상황에 놓이기 때문입니다. 넓은 아량으로 이해해 주시기 바랍니다."

"하긴 사건은 예상치 못한 곳에서 발생하는 법이니까. 그럼 부탁할게."

"예. 제가 발을 디딘 곳으로 따라오시면 됩니다."

마치 여성을 리드하는 남자의 모습일까. 순간적으로 약간의 두근거림을 느낀 유리아가 도훈의 넓은 등을 바라보며 산길을 내려가기 시작한다.

이 이등병의 정체는 무엇일까.

사단장과 자신의 관계를 눈치챈 것도 그렇고, 분명 어제 막 전입해 온 신병이라 들었는데 부대 안내나 간부를 대하는 태도가 너무나 자연스럽다.

분명 노란 견장을 찬 햇병아리임에도 불구하고 군 생활은 자신보다 훨씬 많이 한 그런 느낌을 받은 유리아에게 바로 유리아 자신의 입으로 직접 말한 그 예상치 못한 사건이 발생했다.

"앗!"

순간적으로 딴생각을 하다가 발을 헛디딘 유리아가 무게중심을 잃는 순간,

도훈이 반사적으로 미끄러지려는 유리아의 팔을 잡아 강제로 자신 쪽으로 끌어당기며 유리아를 품에 안아버린 것이다.

미모의 소위를 품안에 안게 된 도훈.

전생에 나라를 구했는지 어쨌는지 모르겠지만, 보통 소위도 아니고 사단장의 조카딸과 첫 만남부터 과도한 스킨십을 이뤄낸 도훈이다. 하지만 문제가 있다면 그다음이다.

"이런……!"

짧은 침음성을 내뱉으며 도훈의 몸이 뒤로 넘어간다.

장소를 잊은 건 아니지만 여기는 매우 가파른 산길. 무게중심을 잃은 유리아의 몸무게를 그대로 온몸으로 받아들인 도훈이 그대로 버틸 수 있을 리가 없다.

'떨어진다!'

등을 지면으로 향한 채 그대로 낙하하기 시작한 순간 지난 과거가 빠르게 도훈의 머릿속을 훑고 지나갔다.

자칫 잘못하면 큰 부상을 입을 수도 있는 상황에서 도훈은 질끈 눈을 감아버렸다.

척추 신경을 다치기라도 한다면 큰 장애를 가지고 살아가야 한다. 돌에 머리가 부딪치기라도 한다면 말 그대로 즉사할 수도 있는 위험한 순간.

"…바보 멍청이."

익숙한 여자의 음성과 함께 산길로 굴렀어야 할 도훈의 몸이 그대로 정지한다.

그리고 서서히 지면으로 착지. 마치 부유 마법이 걸린 듯한 현상이다.

이윽고 털썩 하는 소리와 함께 흙바닥으로 드러눕게 된 도훈의 품안에서 상반신을 일으킨 유리아가 당황한 얼굴로 도훈의 혈색을 살핀다.

"이도훈 이병! 정신 차려! 어디 다친 곳은……!"

당황한 나머지 우왕좌왕하기 시작한 소위 대신에 사고가 나자 멀리서 바라보던 김대한이 한수에게 초소를 맡기고 뛰어나온다.

"야, 이도훈!!"

부리나케 달려오며 부르는 김대한의 목소리. 눈앞에는 어느새 눈물바다가 된 유리아의 투명한 눈물이 도훈의 얼굴 위로 떨어지고 있다.

"나 때문에……!"

"……."

도훈은 멍한 채로 정신을 잃을 수밖에 없었다.

눈을 뜬 것은 그로부터 얼마 지나지 않아서였다.

"오, 일어났냐?"

"여기는……."

익숙한 천장, 아니, 이제부터 익숙해져야 할 1생활관 천장이다.

매트리스에 모포를 덮고 누워 있는 도훈을 내려다보던 행보관이 늘어지게 한숨을 쉬며 도훈에게 말한다.

"군의관님이 말씀하시길 외상은 딱히 없고 놀라서 잠시 기절했다고 하더구나."

"아, 그러고 보니……."

유리아를 온몸으로 받아내며 자신이 대신 바닥을 구른 사건이 드디어 기억난다.

하지만 도훈의 몸에는 상처 하나 없다. 분명 그 상황에서라면 타박상은 기본이요, 심하면 불구가 될 수도 있었는데 멀쩡하게 살아 있는 게 신기하다.

"뭐, 눈을 떴으니 일단 쉬고 있어라. 나도 나머지 벌목 작업하러 가야 되니까."

"예, 알겠습니다."

행보관이 '젊은 녀석이 기운도 좋구만'이라고 말하며 생활관 밖으로 나간다.

시간을 살펴보니 대략 30분 정도가 흘렀을까.

상반신을 일으키려던 도훈의 눈앞에 생활관 문이 벌컥 열리면서 등장한 철수가 놀란 마음을 진정시키며 묻는다.

"이도훈 이 자식아! 괜찮냐?!"

"보시다시피 멀쩡하다."

"무슨 강철로 만들어진 몸뚱이냐. 어떻게 그 높이에서 굴러 넘어졌어도 상처 하나가 없냐."

"…그게……."

이유를 설명해 봤자 어차피 철수는 이해하지 못할 것이다.

인간의 상식으로 이해 불가능한 사고 이면에는 언제나 '그 녀석들'이 연관되어 있기 때문이다.

말을 이어가려던 찰나 생활관으로 모습을 드러낸 또 다른 사람이 있었다.

"이도훈 이병, 괜찮아?! 정신 차린 거야?"

어찌 보면 이번 사건의 원인이라고 할 수 있는 유리아가 황급히 다가오며 도훈이 누워 있는 침상마루에 자리를 잡고 철수를 밀어낸다.

큰 덩치를 지니고 있는 철수임에도 불구하고 난생처음 보는 여군의 존재에 무심코 자리를 비키며 멀찌감치 떨어진다.

"어디 다치진 않았고? 열은……."

유리아의 작은 손이 도훈의 이마에 닿자 반사적으로 도훈이 자신의 관등성명을 말한다.

"이병 이도……."

"괜찮아. 말하지 마. 누워 있어. 그보다 정말로 괜찮은 거지?"

"예, 괜찮습니다."

"아, 정말 다행이다. 정말로……."

순식간에 안도의 마음이 들어서일까. 유리아의 눈시울이 급격하게 붉어지기 시작한다.

투명한 눈물이 유리아의 아리따운 볼을 타고 침상마루에 떨어지자, 도훈이 살며시 웃으면서 자신의 손등으로 유리아의 눈물을 훔쳐 준다.

"전 괜찮습니다, 유리아 소위님. 그보다 소위님은……."

"나, 난 괜찮아. 네가 감싸줬으니까……."

도훈이 눈물을 훔쳐 주자 머리끝까지 새빨개진 얼굴을 긴 머리카락으로 감추며 모기만 한 목소리로 대답한다.

유리아 본인도 자신이 왜 이런 반응을 보이는지 몰라 하고 있다. 지금까지 남자란 존재를 가까이하지 않았고, 태어나서 남자 친구 한번 사귀어본 적이 없는 모태솔로다.

주변을 압도할 만한 외모 수준과 더불어 사단장이라는 존재가 유리아의 이성 관계에 커다란 장벽이 되고 있었다.

군인 집안의 여식, 게다가 아버지 같은 존재인 분이 사단장이다.

엄하디엄한 집안 여식에게 함부로 손댈 수 있는 용기 있는 남자가 어디 있을까.

하지만 본의 아니게 그 용기 있는 사람이 바로 유리아의 눈앞에 나타나고 말았다.

자신을 위해 온몸을 던져 죽을지도 모르는 상황에서도 끝까지 보호해 준 남자.

유리아가 본능적으로 첫사랑이라는 것을 깨닫는 데엔 그리 오랜 시간이 걸리지 않았다.

"아, 아무튼 무사하다고 하니까 다행이야."

슬쩍 도훈에게서 멀어진 유리아가 당황해하며 양손으로 빨갛게 달아오른 자신의 양쪽 볼을 가린다.

"그, 그럼 편히 쉬도록."

"예, 알겠습니다."

"……."

종종걸음으로 빠르게 생활관을 나가기 직전, 유리아가 작은 목소리로 도훈을 향해 중얼거린다.

"…고마워."

"잘 못 들었습니다."

"아, 아무것도 아니야!"

1생활관 문을 거칠게 닫으며 퇴장하는 유리아. 멍하니 그 모습을 바라보고 있는 도훈의 어깨에 손을 올려놓은 철수가 진심으로 부럽다는 듯이 말한다.

"이 인간아, 넌 어쩜 그리 눈치가 없냐?"

"시끄럽다, 이 새끼야."

이도훈은 자신도 모르게 어느새 사단장의 조카딸이라는 여자의 마음을 훔친 도둑이 되고 말았다.

폭풍 같은 하루가 흐르고 나서,

사고의 후유증이 있을지도 모른다는 군의관의 진단에 따라 오늘 하루 도훈은 대대 의무실에서 보내게 되었다.

고작 하루뿐이지만 아침 점호를 받지 않아도 되고 더욱이 내무반을 벗어나 모처럼 개인 공간을 갖게 된 점에 있어서는 상당히 기분 좋은 일이었다.

하지만 이런 휴식을 무사한 몸으로 맞이할 수 있게 된 것도 다 그 녀석들 때문이다.

아니, 그 녀석일까.

병실에 아무도 없음을 확인한 도훈이 작은 목소리로 말한다.

"앨리스, 나와 봐."

도훈의 호출에 모습을 드러낸 앨리스가 긴 생머리를 쓸어내리며 화가 난 표정으로 퉁명스럽게 말한다.

"뭐야? 왜 불렀어?"

평소에는 도훈이 부르면 즉각 나타나 애정 어택을 했을 앨리스지만 오늘은 꽤나 까칠하다.

물론 다이나와 트위들디의 까칠함에 비하면 애교 수준일지 모르지만, 그래도 평소 앨리스답지 않은 반응임에는 틀림이 없다.

"날 구해준 게 바로 너지?"

"…그래서?"

"만약 내가 거기서 큰 상처라도 입을 예정이었다면 인과율 수치에 어긋나는 행동 아니야?"

"…아슬아슬하게 세이프였으니까 괜찮아."

"구체적으로 몇이었는데?"

"9.999%"

"……."

앨리스의 말이 진실인지 아니면 거짓인지에 대해서는 도훈도 알 수가 없다. 인과율 수치를 측정하는 기준은 오로지 차원관리자만이 알 수 있으니까 말이다.

평범한 인간에 불과한 도훈으로서는 아주 큰 폭으로 미래를 변동시킬 수 있을 가능성을 지닌 사건만 인과율 수치가 기본 10은 넘어가겠구나 하는 추측만 가능할 뿐이지 소수점 단위로 계산하는 건 불가능하다.

정말로 앨리스의 말 그대로 인과율 수치가 10이 넘지 않았을까.

만약 넘어간다면 앨리스는 어떻게 되는 것일까.

하지만 그런 건 상관없다. 정작 중요한 것은 앨리스가 도훈을 구해줬다는 사실이다.

"고맙다. 이번만큼은 이 말을 해주고 싶었어."

"고마우면 그 여자랑 헤어지든가."

"딱히 사귀는 사이도 아니라니까."

"…흥!"

"아니, 그것보다 함부로 남의 연애사에 대한 역사를 써나가지 말라고. 애초에 나와 소위님은 아무런 관계가……."

"그 암캐가 너한테 꼬리 치는데, 그것도 몰라?!"

"암캐라니, 소위님이라니까."

"너한테는 소위님이겠지만 나한테는 그저 지구상에 널리 존재하는 암캐 중 한 명일 뿐이라구!"

"하아……."

앨리스의 질투가 나날이 심해진다. 이러다가 정말로 현실에서 유리아와 앨리스가 만나면 어떤 일이 벌어지게 될지는 도훈의 빠른 두뇌 회전으로도 따라잡지 못할 것 같다.

"여하튼 인과율 수치가 정말로 10이 넘지 않는다는 건 확실하지?"

"그, 그럼!"

"내 눈을 보고 말해라, 앨리스."

"상관없잖아? 여하튼 안 넘었다고! 알겠어?"

톡 쏘아붙이면서 순식간에 모습을 감춰 버린다. 거의 도망쳤다고 표현하는 편이 맞지 않을까 싶다. 도훈은 차라리 다이나를 불러 확인해 볼까 하는 생각을 해봤다.

그러나 이내 생각을 접고 다시 병실 침대에 누웠다.

인과율 수치가 10이 넘지 않는다면 다행이고 넘는다면 모른 척하면 된다.

안 들키면 그만이다.

도훈의 군대 생활 철칙 중 하나니까 말이다.

안 들키면 그만이지만 공교롭게도 앨리스의 일 처리는 얄팍한 도훈의 능력에 비해서 떨어지는 면이 없지 않아 있었다.

"인과율 수치 21.21%."

트위들디가 어이가 없다는 시선으로 무릎을 꿇은 채 초등

학생처럼 두 손을 머리 위로 들고 벌을 서고 있는 앨리스에게 말한 인과율 수치이다.

21.21%.

현재 이 차원에 충분히 영향을 줄 수 있는 그런 수치라고 볼 수 있다.

"어쩌려고 이런 행동을 한 거야, 앨리스?"

실내임에도 불구하고 거의 트레이드마크가 되어버린 선글라스를 머리 위에 쓰고 추궁하기 시작한 트위들디에게 앨리스가 잔뜩 주눅이 든 표정으로 말한다.

"그렇지만… 다치면 어쩌려구요……."

"물론 네가 이도훈이라는 인간을 걱정하는 건 잘 알아. 하지만 이건 직권 남용이라고. 행여나 이 일이 팀장님에게 들어가게 되면, 으으, 상상하기도 싫다, 정말!"

다이나는 차원관리국 내부에서도 일을 중요시하는 오피스 레이디 타입이다. 그런 그녀가 과연 앨리스의 이런 직권 남용을 용서할 수 있을까.

물론 이도훈이라는 인물을 다른 차원으로 날려 버린 것도 매우 큰 실수지만, 그건 어찌 되었든 이도훈을 새로운 실험체로 삼고 차원관리국에서 일종의 연구 프로젝트와 연계해 앨리스의 실수를 무마시켜 왔다.

하지만 인과율 수치가 10이 넘어가는 일을 위의 허가도 없이 무턱대고 해결해 버리면 이 세계의 균형이 흔들릴 가능성도 있었다.

"나 참, 도대체 얼마나 그 남자를 좋아하기에 이런 말도 안 되는 실수를 하는 거야."

"선배니임! 제발 비밀로 해주세요! 네?!"

"내가 비밀로 한다고 한들 과연 이 비밀이 유지될 수 있을지도 잘 모르겠고……."

트위들디도 사실은 일을 크게 만들고 싶지는 않았다. 인과율 수치가 10이 넘어가긴 하지만, 군대라는 장소는 매우 한정된 장소다. 나비효과처럼 이 세계의 전반적인 일에 영향을 끼칠 우려는 거의 없다시피 하다.

더욱이 트위들디도 이도훈이 크게 다치는 건 보고 싶지 않았기에 어쩔 수 없다는 듯이 앨리스와 공범이 되는 길을 선택했다.

"나도 괜히 팀장님에게 네 관리 제대로 못했다고 쓴소리 듣기는 싫으니까… 일단은 비밀로 붙이자."

"역시 선배님! 제 마음을 아주 잘 이해해 주시는 분이에요!"

"이해는 개뿔. 나중에 또 이런 일이 있으면 팀장님한테 이를 거니까 그렇게 알아둬."

"네엡!"

다이나에게 비밀로 하겠다고 다짐한 트위들디였지만, 앨리스가 알지 못하는 무서운 후폭풍이 존재한다는 사실을 이 당시엔 그녀도 몰랐다.

　그래도 단단하게 주의를 주고 이번 일을 비밀리에 붙이기로 한 트위들디였지만, 좀처럼 불안한 마음은 사그라지지 않았다.

　인과율 수치가 어긋나는 일에 간섭하게 될 경우 반드시 그에 따르는 반작용이 따라온다.

　차원관리국에서는 인과율 수치 10이 넘어가는 간섭을 하게 될 경우 벌어지는 반작용을 '피드백'이라 부르고 있다.

　이번 사건을 통해 도훈이 얼마나 심한 상처를 입었어야 본래의 인과율을 유지할 수 있는지에 대해서는 트위들디의 권한으로는 알 수가 없다. 일반 사원이 아닌 차원관리국 국장급 이상은 되어야 미래를 알 수 있기 때문이다.

　한마디로 지금 이 차원관리국 내부에서 미래를 알 수 있는 권한을 지니고 있는 인물은 오로지 체셔 한 명뿐이라는 사실이다.

　체셔는 분명 어긋난 인과율 수치에 대해 눈치채고 있을 것이다. 자신들이 비밀리에 한다고 해도 눈치 빠른 체셔가 모를 리가 없다.

　하지만 그렇다고 체셔는 다이나처럼 인과율 수치가 넘어가는 일에 간섭했다고 마구 혼내거나 하는 타입은 아니다.

　"아주 화려하게 일을 저지르셨구만."

"……."

앨리스가 퇴장하고 난 이후 트위들디에게 다가온 체서가 장난기 가득한 미소를 지으며 말한다.

"인과율 수치 10이 넘어가는 일에 간섭하면 나로서도 미래를 예측하기 힘들다고, 트위들디."

"…죄송합니다."

좀처럼 보기 드문 트위들디의 당황하는 모습이지만, 체서는 그런 사적인 일은 크게 신경 쓰지 않는다.

오히려 자신의 손에 들린 휴대용 게임기 화면에 열중하는 편이 체서에게 있어서는 더 도움 되는 행위라고 생각하고 있을 것이다.

"뭐, 그건 그렇다 치고."

풍성한 핑크빛 머리카락이 찰랑임과 동시에 또다시 짓는 의미 모를 웃음.

트위들디가 알고 있는 체서란 존재는 인과율 수치에 어긋나는 행위에 대한 일로 부하 직원에게 뭐라 말하지 않는다.

오히려 자신이 예측할 수 없는 미래가 나왔다는 사실에 더욱 기뻐할 뿐이다.

"미래를 알고 있는 것만큼 시시한 일도 없거든."

"……."

"자~ 과연 앨리스의 무모한 행동에 의해 어떠한 '피드백' 현상이 벌어지게 될까? 그리고 과연 그게 이도훈이라는 인물에게 어떠한 작용을 하게 될까? 나도 참 궁금하네."

늘어지게 하품을 하면서 또다시 게임을 클리어해 버린 체셔가 트위들디에게 오른손을 살랑살랑 흔들어 보이며 발걸음을 옮긴다.

"다이나에게는 비밀로 해줄 테니까 너무 떨고 있지 말라고, 트위들디."

"가, 감사합니다!"

사실 트위들디도 체셔의 이런 답변은 충분히 예상하고 있었다.

미래는 불확실하기에 오히려 재미있는 것이다.

하지만 미리 알고 있는 미래란 과연 재미있는 일정일까?

체셔는 그에 대해서는 꽤나 많은 반감을 가지고 있다. 그래서 자신이 예상하지 못한 미래가 출현하게 될 때마다 이런 식으로 기쁜 미소를 짓는 것이다.

"차원관리자 국장이라는 것도⋯ 꽤나 힘들지도 모르겠어."

선글라스를 머리 위로 올린 트위들디가 점점 멀어지는 체셔의 뒷모습을 보며 작게 중얼거린다.

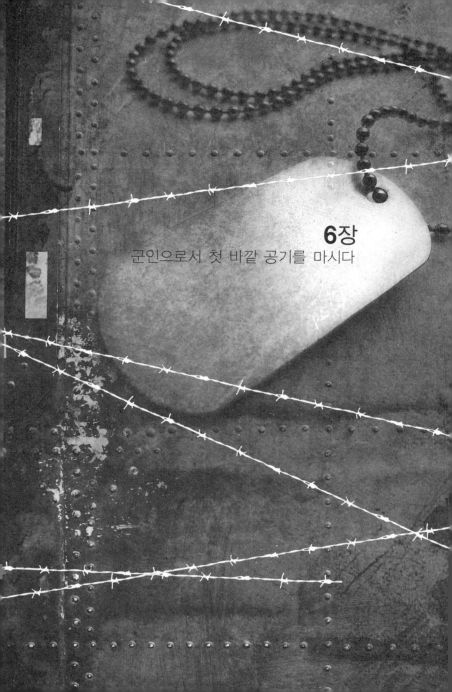

6장
군인으로서 첫 바깥 공기를 마시다

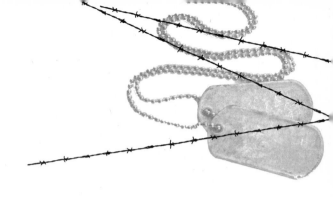

　자대 전입 이후 처음으로 맞이하는 주말.

　며칠 의무실에서 보낸 도훈과 철수는 오랜만에 활동복을 입고 기상하게 되었다.

　주말이라 그런지 웃통을 벗고 하는 구보도 생략. 그 사실이 너무나도 기쁜지 철수가 연신 환호를 지른다.

　"아, 군 생활에서 구보 빼면 정말 할 만할 텐데."

　"무리한 요구는 바라지도 마라, 김철수."

　한수가 피식 웃으면서 말하자 철수가 자신도 모르게 입을 막으며 외친다.

　"죄, 죄송합니다!"

"괜찮아. 어차피 나도 같은 마음이니까."

아무리 A급 병사라 해도 싫은 건 매한가지다. 물론 광적으로 운동을 좋아한다면 아침부터 부스스한 모습으로 구보를 하는 것도 마다하지 않을 수도 있다.

하지만 공교롭게도 제1포대에는 그런 인물이 없다. 행여나 훈련소에 있던 우매한이라면 또 모를까.

"우리 훈련소에 있을 때 우매한 조교였다면 분명 구보도 웃으면서 했겠지?"

철수가 웃긴 상상이라도 하는지 이번에는 한수에게 안 들리게 주의하며 도훈에게 말한다.

그러자 도훈이 곰곰이 생각하더니 충분히 그럴 수도 있다는 듯 고개를 끄덕인다.

"그 녀석은 상남자니까 그럴 가능성이 충분하다."

"아, 오랜만에 훈련소 이야기하니까 애들이 보고 싶네. 다들 잘 지내고 있겠지?"

"글쎄다. 본인 하기 나름이니까."

불과 얼마 전까지만 하더라도 생활관 내부에선 동기들이 옹기종기 모여 앉아 오늘 받은 훈련 내용이라든지, 혹은 사회에 있을 때 겪은 재미난 일들을 주고받는 일상을 보내고 있었다.

하지만 이제는 계급이라는 게 존재하는 내무반에서 생활하며 점차적으로 자대에 익숙해져야 한다.

그 증거로 이제 막 신병인 도훈과 철수는 하나포 분과의 청소 담당 구역인 1생활관 화장실에서 열심히 걸레질을 하고 휴지를 비우기에 여념이 없다.

한수의 지도 아래 빠르게 아침 청소를 마치고 뒤이어 식당에 내려가 식사까지 마친 세 사람은 막사로 올라와 휴식을 취했다.

오랜만에 맛보는 달콤한 주말의 휴식.

멀뚱히 앉아 있는 철수와 도훈에게 재차 당직 사병을 맡게 된 최수민이 모습을 드러낸다.

"오, 안녕, 신병들! 혈색이 좋네?"

"아닙니다!"

"한수야."

"일병 한수."

"행보관님이 오늘 신병들 데리고 목욕탕 가신다고 하시니까 준비시켜 놔라."

"알겠습니다."

"그리고 오늘 점호 시간에 '세족식'을 시행한다고 하더라."

"……!!"

순간 놀란 쪽은 다름 아닌 이도훈이다.

세족식(洗足式). 이는 분과에서 가장 고참, 혹은 분대장 격인 병사가 이제 막 전입해 오게 된 신병의 발을 씻겨주는 의

식으로, 선진 병영이라는 문구와 함께 중요시되는 행위이기도 하다.

"세족식이… 뭐야?"

처음 듣는 말인지 철수가 도훈에게 귓속말로 묻자 질문할 줄 알았다는 듯 도훈이 재빠르게 설명해 준다.

"고참이 신병 발을 씻겨주는 거다."

"웩! 진짜로?"

"그래."

"큰일 났네. 나 발 잘 안 씻는데."

"어쩐지. 이 새끼, 발 냄새 좆나 난다고 생각했더니만 내 후각이 이상한 게 아니었군."

도훈이 자신의 코가 고통 받았을 만큼의 분량을 힘으로 실어 발로 철수의 엉덩이를 찬다.

그런 이등병 둘의 행동에는 별로 신경 쓰지 않는 듯 수민이 한수에게 전달할 사항을 연이어 들려준다.

"그리고 머리도 좀 자르게 하고, 오늘 당직은 행보관님이니까 특히나 외형적으로 신병들 관리 좀 잘 해둬라. 알겠지?"

"예, 알겠습니다."

"괜히 행보관님에게 깨졌다간 너만 피곤해지니까 미리 해주는 말이야. 그리고 괜히 행보관님 당직이라고 말년들 꼬장도 조심하고."

"예."

최수민의 정보에 한수가 고개를 끄덕이며 감사하다는 말을 전한다.

행보관이 오는 시간은 대략 10시라고 들었다.

그렇다면 그 이전에 적어도 이등병들의 이발을 해주는 게 한수가 책임질 오늘의 오전 업무이기도 하다.

"이도훈, 김철수."

"이병 이도훈!"

"이병 김철수!"

"나를 따라오도록."

"……?"

영문을 모르겠다는 표정을 지어 보이는 철수였지만, 도훈은 대충 상황이 어떻게 돌아가는 것인지 눈치챌 수 있었다.

한수가 이들을 끌고 간 곳은 다름이 아닌 이발소.

말이 이발소지 헬스장 바로 옆에 붙어 있는 자투리 공간으로 의자와 거울, 그리고 이발 도구가 전부이다. 한창 머리를 잘라주고 있던 김범진이 작게 탄성을 자아낸다.

"오, 신병들이냐?"

"태풍!"

반사적으로 거수경례를 하는 이들에게 범진이 한수를 바라보며 묻는다.

"신병들 머리 자르려 데리고 온 거야?"

"예, 조금 있다가 행보관님이 목욕탕 데리고 가실 거라고

합니다."

"목욕탕이라……. 나도 예전에 전입해 오자마자 행보관님 차 타고 목욕탕을 갔었지."

범진의 말에 뭔가 이상함을 느낀 철수가 또다시 도훈에게 질문사용권을 시행한다.

"차를 타다니? 이 대대가 그렇게 넓었나?"

"너 설마 우리가 대대 목욕탕에 갈 거라고 생각하고 있냐?"

"아니야?"

"위병소 바깥으로 나간다는 의미야."

"…뭐?!"

아마 입대한 이후로 가장 놀라운 표정을 지은 것이 아닐까 싶을 정도로 철수의 눈동자가 휘둥그레진다.

바깥으로 나갈 수 있다니!

군대 밖으로 나갈 수 있다는 말에 철수의 머리는 이미 혼란 상태이다.

반면 도훈도 범진의 말처럼 예전 기억이 난 듯 과거를 잠시 회상해 본다.

전입한 이후 맞이했던 첫 주말 토요일에 행보관의 차를 타고 바깥으로 나갔던 이도훈.

대략 한 달 반 정도가 지나고 나서 처음으로 마셔보는 바깥 공기에 도훈은 순간 사회의 향수에 취할 뻔했다.

얼마 만에 맛보는 바깥 공기였던가! 매연 섞인 매캐한 도시 냄새일지 몰라도 입대 이후 처음 나오는 사회를 접하게 된 군인의 입장에서는 그 매캐한 도시 냄새만으로도 환장할 정도였다.

하지만 그전에 일단 최수민이 지적한 대로 머리부터 깔끔하게 자르는 편이 좋다.

"너희는 모르겠지만 내가 바로 우리 포대 이발병이다."

범진이 자신만만하게 자신의 존재감을 드러내며 말하자, 호응해 주는 것은 철수밖에 없었다.

한수야 이미 알고 있는 사실이고, 도훈도 한수와 마찬가지로 알고 있는 사실이기에 별다른 반응을 보여주지 않았지만, 군대라는 장소에서 세세한 것들에 많이 놀라는 철수의 입장에서는 마치 어려운 수학 문제를 스스로 풀어낸 학생처럼 감정을 폭발시킨다.

"김범진 상병님이 바로 말로만 듣던 이발병이십니까?!"

"그래, 모히칸 컷에 베컴 스타일, 샤기 컷 등등 못하는 게 없지!"

"과연! 역시 김범진 상병님이십니다!"

"하하하! 나의 아들 군번들이 머리를 자른다는데 내가 특별히 힘 좀 써주마!"

철수의 오버스러운 반응이 마음에 들었는지 김범진이 아껴두었던 바리캉을 든다.

칭찬은 사람의 마음을 움직이게 만드는 가장 쉬운 수단이라 했던가. 설마 철수가 벌써 도훈의 입 터는 스킬을 보고 배운 건 아닐까 생각도 해봤지만, 도훈의 입장에서는 철수의 반응이 가식적임이 아니라 순수하게 놀란 의미에서 나온 반응이라는 사실 정도는 이미 파악하고 있었다.

시골 청년과 같은 순박함을 지닌 녀석이 바로 김철수니 말이다.

"그럼 전 베컴 스타일로 잘라주시기 바랍니다!"

"그래. 이도훈 너는 어떤 스타일로 잘라줄까?"

"저는 그냥 단정하게만 자르면 될 거 같습니다."

"오케이. 그럼 일단 철수부터 앉아라."

"예, 알겠습니다!"

산만 한 덩치를 이끌고 의자에 앉자 바리캉을 가동시킨 김범진이 마치 예술품을 만드는 듯한 표정을 짓는다.

표정은 예술가, 그러나 하는 행동은 영락없는 군인 이발병이다.

상황 자체가 워낙 폼이 안 나는 상황이다 보니 어느새 도훈과 한수는 그냥 대충 자르고 빨리 다음 차례나 잘라주지 하는 생각을 할 수밖에 없었다.

한동안 바리캉 모터 돌아가는 소리로 가득 채워지던 이발소 안에서 드디어 다 잘랐다는 듯이 바리캉 전원을 누른 김범진이 철수에게 의사를 묻는다.

"어떠냐, 아들 군번? 마음에 드냐?"

'오오오! 베컴 스타일!' 이라고 환호성을 지르고 싶을 테지만 그냥 삭발이다.

머리 스타일이고 뭐고 없이 그냥 단순한 삭발에 불과하다.

요리 봐도 저리 봐도 똑같은 삭발 그 이상도 이하도 아니다.

약간은 실망한 기색의 철수였지만, 애써 어색한 웃음을 연발하며 마음에 든다는 식으로 말한다.

"자, 잘 자르신 거 같습니다. 하하……."

이런 식으로 철수도 점점 이도훈식 가식 화술을 익혀가고 있었다.

나름 베컴 스타일이라 부르짖으며 잘라줬지만, 철수는 그저 삭발과 뭐가 다를 게 있냐며 속으로 투정을 부린다.

어차피 군대라는 곳이 다 거기서 거기 아닌가. 군인 머리에서 모히칸 컷이니 샤기 컷이니 뭐니 해도 군인 티는 절대로 벗어날 수 없다.

그걸 아주 잘 알고 있는 도훈이기에 마음을 비우고 자리에 앉는다.

"어디 보자. 넌 단정하게만 잘라달라고 했지?"

"예, 그렇습니다."

범진이 자신의 바리캉 모터 전원을 누르자 위잉 하는 소리가 이발소 내부를 가득 채워간다.

"넌 샤기 컷이 어울릴 거 같은데, 어때?"

"그냥 평범한 게 좋습니다."

단칼에 거절해 버리는 도훈의 말에 범진이 아쉽다는 듯 입맛을 다신다.

마치 모처럼의 실험 대상을 놓쳤다는 듯한 그런 모션이라고 할까. 도훈은 범진이 그럴 줄 알았다는 듯한 눈빛을 보낸다.

세상에 군인 머리로 어떻게 샤기 컷을 만든단 말인가.

아무리 무(無)에서 유(有)를 창조한다고 해도 그건 불가능하다.

한동안 모터 돌아가는 소리를 끝으로 10분도 채 안 되서 빠르게 머리를 자른 두 군인 이등병은 화장실에 가서 간단하게 머리를 감는다.

그리고 한수의 인솔에 따라 행정실 안으로 들어가자, 행보관이 군장을 풀고 있다.

"왔냐, 이등병들?"

"예!"

"잠깐만 기다려라. 하나포 반장이 아직 관사에서 안 올라왔거든."

행정실 의자에 앉은 철수와 도훈은 자신들이 챙겨가야 할 세면 백을 들고 전투모를 눌러쓴 채 무한 대기를 타기 시작한다.

이윽고 관사에서 바삐 올라왔는지 하나포 반장이 어수룩하게 행보관에게 거수경례를 해보인다.

"태, 태풍!"

"왜 이리 늦냐, 이 뺀질이 녀석아."

"그게… 늦잠을 자다 보니… 하하하!"

"웃긴 개뿔. 나 나갔다 오는 동안 당직 잘 서고 있어라. 대대장님한테는 말씀해 뒀으니 너에게 큰 무리가 가는 건 시키지 않을 거다."

"알겠습니다!"

하나포 반장이 완장을 차는 모습을 뒤로하고 행보관의 뒤를 졸졸 따라가기 시작하는 두 신병.

활동복 차림에 세면 백을 들고 행보관을 따라가는 모습이 귀엽게 보일지도 모르지만 이들에게는 창피함의 극치일 것이다.

"이러고 밖으로 나가야 한다고 생각하니 진짜 쪽팔리다."

철수의 말에 이번에는 심히 공감이라도 된다는 듯이 도훈이 고개를 끄덕인다.

"그건 그렇지?"

"군인인데 좀 멋져 보이는 수단은 없을까?"

"포기하면 편하다는 유명한 대사도 모르냐."

"포기하는 게 더 빠르다 이거지?"

도훈도 2년을 넘는 군 생활을 보내고 있지만, 군인의 신분으로서 아무리 멋을 내려 해도 도저히 군인 티를 벗어날 수가 없다. 아까 이발을 할 때도 그렇고 뭘 하든 짬내가 나서 도저히 할 수가 없다는 뜻이다.

그 짬내를 이끌고 행보관 차량에 탑승하는 이등병 2인조.

실로 오랜만에 군용 차량이 아닌 민간 차에 탑승한 철수가 급격히 기분이 좋아졌는지 도훈에게 연이어 말을 건다.

"야, 기분 짱이지 않냐?"

"무슨 어린애냐. 고작 차 탄 거 가지고 좋아하게."

"그러는 너도 입이 귀에 걸렸구만."

"시끄럽다니까, 이 새끼야."

도훈이 철수의 정강이를 걸어차지만, 이번만큼은 도훈의 공격조차 달게 받을 수 있다는 듯이 연신 헤벌레 모드로 돌입한 철수였다.

뒷좌석에서 마냥 즐겁다는 듯이 떠들고 있는 두 이등병을 바라보던 행보관이 그 대화 속에 자신의 참전을 알리기라도 하듯 말을 꺼낸다.

"허허, 이 녀석들. 그리도 좋냐?"

"예, 좋습니다!"

"나중에 목욕 마치고 이 행보관이 점심도 사줄 테니까 먹고 싶은 것도 미리 생각해 둬라."

"해, 행보관님……! 충성을 다하겠습니다!"

철수가 감격에 겨운 눈물을 흘리기 직전의 모습까지 보이자 행보관이 너털웃음을 선보이며 말한다.

"그렇다면 나중에 말년이 되어서도 이 행보관 말 잘 듣는 거다? 알겠냐?"

"예, 물론입니다!"

이런 식으로 미리 조기 교육을 시켜놓는 것인가.

물론 행보관도 진심으로 말하는 것은 아닐 것이다. 하지만 무의식적으로 말년이 되기 전의 사병을 이등병 시절부터 버릇을 들여 놓으려는 행보관의 말 한마디 한마디에 도훈은 전율을 느낄 수밖에 없었다.

역시 모든 말년병장의 천적답다.

하지만 아무것도 모르는 철수는 그저 헤실헤실 헤픈 웃음을 선보일 뿐이다.

위병소를 통과하자 그토록 염원하던 민간 사회의 공기를 마실 수 있게 된 이들은 속으로 작은 탄성을 내지를 수밖에 없었다.

도로에 보이는 거라고는 민간 차량뿐. 게다가 민간인들이 사는 아파트에 민간인들이 다니는 편의점, 민간인들이 입는 사복도 보인다.

게다가 이들의 시선을 자극하는 건 다름 아닌 바로 여자!

"저 여자, 좆나 예쁘지 않냐?"

철수가 도훈에게 묻자 도훈의 시선이 그대로 철수가 가리킨 여자를 향해 꽂힌다.

차원관리자 미녀 삼인방과 더불어 최근에는 어여쁜 소위의 마음까지 차지한 도훈이지만, 남자는 끊임없이 여자를 탐하는 존재다. 성욕이라는 건 인간의 가장 근본적인 본능 아닌가.

"음, 내 취향이 아니긴 하지만 예쁘군."

"네 취향 따질 때냐. 저 여자가 한번 대준다고 한다면 망설임없이 옷부터 벗을 놈이."

"어허, 감히 나 이도훈님을 뭐로 보고!"

"색남으로 본다, 이 녀석아. 그렇지 않고서는 저번에 그 여자 소위한테 환심 사는 행동은 안 했을 거야."

"환심 같은 소리 하네. 남자는 당연히 울고 있는 여자 앞에서 약해지는 법이다. 나는 신사라고."

"변태라는 이름의 신사겠지."

티격태격 말싸움을 하는 도중, 행보관의 차량이 어느 한 아파트 단지에 주차한다.

"어여 내려라, 다들."

"예!"

도훈과 철수가 차량에서 내리자 놀이터에서 놀고 있는 어린아이들의 목소리가 귓가를 강타한다.

그리고 이 아이들의 시선이 곧 이등병 둘에게 향한다.

"우와! 군인 아저씨다!"

"아저씨~!!"

"아저씨 아니다, 이 녀석들아!"

철수가 발끈하며 소리쳐 보지만, 아이들이 그렇다고 가만히 있을 리가 없다. 주변을 맴돌며 연속해서 군인 아저씨라고 말하는 것에 재미가 들렸는지 아저씨를 연호한다.

"그래 봤자 애들은 더 신나서 놀릴 뿐이니까 그만해라."

"크윽, 내가 벌써부터 아저씨라니! 내가, 내가 아저씨라니!"

이미 군인이 된 순간부터 남자는 아저씨로 향하는 길을 걷게 된다. 그것도 평범한 길이 아닌 지름길을.

절망하는 철수에게 행보관이 빨리 들어오라는 듯이 손짓하자 황급히 발걸음을 옮긴다.

이미 목욕탕 안으로 들어가 탈의를 시작한 행보관은 도훈과 철수를 보고 언성을 높인다.

"젊은 놈들이 행동이 그렇게 느려서 쓰겠냐! 이 행보관이랑 같이 벌목 작업하러 갈터?"

"지금 즉시 탈의하겠습니다!"

초스피드로 옷을 홀렁홀렁 벗은 도훈과 철수가 빠르게 목욕탕 안으로 들어간다. 바깥 날씨의 차가움과 대비되는 따스한 공기가 이들의 몸과 마음을 녹이기 시작한다.

샤워기 앞에 선 철수가 별로 감을 것도 없는 짧은 머리에 샴푸를 잔뜩 묻히며 샤워를 하기 시작하자, 도훈도 옆에 나란히 서서 몸을 헹구기 시작한다.

이윽고 온탕에 들어가자 늙은이 같은 신음을 내뱉으며 그대로 몸을 녹이기 시작한 철수와 도훈.

미리 자리 한쪽을 차지하고 앉아 있던 행보관이 두툼한 뱃살을 두드리며 같이 몸을 녹인다.

분명 몸은 편안하다.

그런데 왜 도훈의 마음은 편치가 않은 것일까.

'이상타.'

아까부터 알 수 없는 위화감을 느낀 도훈이 주변을 둘러본다.

분명 다양한 연령층의 남성밖에 없다. 차원관리자가 몰래 숨어서 지켜보고 있다든지 하는 그런 현상은 보이지 않는다.

그런데 아까부터 드는 불안감이 무엇인지 도훈으로서는 알 수가 없다.

틀림없이 자신이 이렇게 목욕탕을 왔을 때 뭔가 충격적인 사실을 듣게 된 듯한 기억이 어렴풋이 있다. 하지만 너무나 희미해서 알 수가 없다.

고민하는 도훈 일행 앞에 익숙한 목소리로 행보관을 부르는 중년 남성이 등장한다.

"오랜만에 보는구만."

"오, 김덕지! 오랜만이다."

행보관이 김덕지라 불린 삐삐 마른 중년 남성에게 인사한다. 중년 남성이 앉을 수 있도록 자리를 살짝 비켜준 행보관을 바라보며 철수가 도훈에게 말소리를 죽이며 묻는다.

"친구인 건가?"

"아마도 이웃집 사람이겠지."

"하긴 그럴지도 모르겠다."

아파트 단지에 있는 목욕탕의 위치를 고려해 본다면 이 아파트에 사는 사람들이 대부분 이 목욕탕을 찾는 주 고객일 터이다. 행보관이 이 아파트에 거주하고 있다는 사실을 확신으로 바꾼다면 아마도 행보관 집 근처에 사는 이웃집 사람이 아닐까 싶다.

그래서 '오랜만에 본다'는 언어 선택이 나왔을 것이다.

"그나저나 많이 늙었구만."

중년 남성의 말에 행보관이 너털웃음을 지으며 말한다.

"너도 많이 늙었잖아. 같이 늙어가는 마당에 그런 섭섭한 소리 하지 말게."

"허허, 그렇지?"

서로 죽이 잘 맞는 듯 마치 도훈과 철수처럼 대화하는 모습에 철수는 미묘하게 이 아저씨랑 친하게 지내고 싶다는 기분이 들었다.

조심스럽게 다가간 철수가 중년 남성에게 말을 걸기 시작한다.

"혹시 아저씨, 저희 행보관님과 이웃사촌 관계인가요?"

상대가 민간인처럼 보여서 철수는 '요' 자를 썼다. 그리고 '아저씨'라는 표현을 썼다.

그게 살짝 거슬린 것일까. 순간 중년 남성의 표정이 미묘하게 굳어지는가 싶더니 이내 다시 원상태의 평범한 표정으로 돌아오며 행보관에게 묻는다.

"이 아이들은……."

"아, 우리 포대에 새로 전입해 온 신병들이야."

"허허허! 역시 그렇구만. 어쩐지 이상하다 했어."

왜 저런 반응을 보이는 것일까.

이해를 하지 못하겠다는 표정을 지어 보이는 철수였지만, 순간 도훈은 이 모든 사건이 불행의 시작임을 직감적으로 깨닫게 되었다.

알 수 없는 위화감이 도훈의 어깨를 짓누르고 있다.

그리고 이 위화감의 시작은 수수께끼의 아파트 단지에 발을 들여놓는 순간부터 시작되었다.

과거의 어렴풋한 기억, 그리고 아파트 단지, 정체를 알 수 없는 중년 남성의 미묘한 반응.

이 모든 요소가 퍼즐처럼 흘러가며 도훈의 머릿속에 짜 맞추기 시작했다.

그렇다. 저 남성의 정체는…….

"이 친구는 말이야."

행보관이 중년 남성의 어깨 위에 손을 올려놓으며 어병한 표정의 철수와 도훈에게 말한다.

"우리 옆 부대에 있는 보병대대에 근무 중인 김덕지 준위라고 하……."

"태에에에에푸우우우우웅!!"

행보관의 말을 끝까지 듣지도 못하고 그대로 자리에서 벌떡 일어난 철수와 도훈이 거수경례를 하며 우렁차게 외친다.

얼마나 빠르고 큰 동작이었으면 이들의 거시기가 덜렁거릴(?) 정도였을까.

추운 환경도 아님에도 불구하고 미세하게 몸을 떨기 시작한 이들에게 준위가 별것 아니라는 듯이 말한다.

"그런 거 가지고 뭘. 모르는 게 죄는 아니니까. 그러지 말고 후딱 앉게. 몸도 추울 텐데."

"예, 알겠습니다!"

말 그대로 빠른 스피드로 다시 앉는다.

드디어 떠오른 위화감의 정체.

이 아파트 단지의 정체는 군부대에서 일하는 간부들이 모여 사는 장소라는 것, 그리고 지금 같은 목욕탕 안에 있는 사람들이 전부 간부라는 것.

'어쩐지 불길한 느낌이 든다 싶더니만…….'

사방 모두가 적이다. 사병의 적은 간부라 하지 않던가.

졸지에 적진 한가운데에 놓이게 된 도훈과 철수는 사회의 공기를 맡게 되어 기뻐했지만, 순식간에 우울함을 맛볼 수밖에 없었다.

세상에! 기껏 바깥 공기를 쐬나 했더니 간부들이 우글거리는 목욕탕에서 때를 밀어야 하는 상황이 올 줄이야.

이건 제아무리 이도훈이라 할지라도 긴장을 안 할 수가 없는 상황이다. 뻣뻣한 몸으로 철수와 때를 밀자마자 바로 밖으로 나온 이들.

사방이 적이다. 이등병 모자를 쓰고 있으면서 지나가는 아저씨를 볼 때마다 경례를 해야 하나 말아야 하나 고민하고 있을 무렵이다.

"이도훈 이병."

"이병 이도훈?"

반사적으로 거수경례를 하며 자신의 관등성명을 대는 도훈의 시선에 예상치 못한 인물이 싱긋 웃으며 서 있다.

긴 머리를 풀어헤친 유리아 소위.

왜 소위가 여기에 있을까 생각하는 이도훈이지만, 여기가 금세 간부들이 모여 살고 있는 아파트 단지라는 사실을 깨닫는다.

"그 옆은……."

"이병 김철수! 이도훈과 훈련소 동기입니다!"

철수가 자신을 필사적으로 어필한다. 여자 친구도 있는 녀석이 왜 다른 여자한테 이리도 적극적으로 자기소개를 하느냐 핀잔을 주는 도훈이지만, 아까도 말했듯이 남자는 성욕에 지배당하는 아주 단순한 생물이다.

예쁜 여자 앞에서는 한없이 약해지는 존재가 바로 남자, 남자, 남자.

"그나저나 여기엔 무슨 일이야?"

아직 덜 마른 머리카락이 살짝 바람에 일렁일 때마다 은은한 향수가 풍겨 나온다.

이것이 바로 여성의 향기인가.

오랜만에 나온 사회의 공기보다도 역시 달콤한 암컷의 향수가 더 끌린다. 물론 남자라면 말이다.

"행보관님 차 타고 목욕하러 왔습니다!"

"좋지, 목욕. 여기 대중목욕탕은 같이 일하는 사람들도 많이 만날 수 있어서 좋더라."

같은 간부 입장인 유리아로서는 좋겠지만, 사병 입장에서는 지옥이나 마찬가지이다.

행보관은 아직 목욕탕에서 오랜만에 만난 동기와 이야기하느라 여념이 없고, 철수와 도훈은 진즉에 밖으로 나와 사회 공기를 마시고 있는 중 유리아를 만나게 된 것에 대해 행운이라 생각해야 좋을지, 아니면 불운이라 생각해야 좋을지 제대로 된 판단이 서지 않았다.

유리아 역시 마찬가지.

설마 이런 곳에서 도훈과 재회하게 될 줄은 꿈에도 몰랐는지 머리카락을 매만지며 기왕 이렇게 만날 거면 나오기 전에 화장이라도 조금 해둘 걸 하고 후회하는 중이다.

좋아하는 남자 앞에서는 언제나 예뻐 보이고 싶어하는 게 여자의 심리다.

군인 신분이긴 하지만 역시 유리아도 여자.

"뭐, 뭐… 여기서 가만히 서 있기도 그러니까 내가 커피라도 사줄게. 어때?"

"감사합니다, 소위님!"

"잘 마시겠습니다!"

물론 거절할 이들이 절대 아니다. 가뜩이나 간부들이 우글거리는 목욕탕에서 제대로 심신의 추위도 녹이지 못했는데, 따뜻한 커피 한 잔 마시며 된장남 행세라도 해야 그나마 쌓인 스트레스가 좀 풀릴 것 같다.

유리아를 따라 입장한 곳에서는 다수의 커플이 커피를 마시고 있었다.

군인의 출연에 사뭇 사람들의 시선이 모이지고 있었지만, 이내 다시 고개를 돌려 대화하기에 열중한다.

활동복과 이병모를 쓰고 커피숍이라니. 왼쪽 옆구리에는 세면 백을 두르고 등장한 이들의 모습에 심히 쪽팔릴 것이다.

그러나 유리아는 자신의 부대에는 사병들의 이런 모습이 당연시되고 있기에 이들의 복장에 대해 신경 쓰지 않는 모습이다.

아메리카노와 캬라멜 마끼야또, 그리고 고구마 맛 라떼를 제각각 시킨 이들은 테이블 하나를 차지하게 된다.

아메리카노를 선택한 유리아가 빨대를 살짝 입에 물며 한 모금씩 조심스럽게 빨아들인다.

그 모습이 은근히 야하게 보인 탓일까. 도훈과 철수의 아랫 도리에 힘이 살짝 들어가기 시작한다.

"야, 설마 우리를 유혹하려는 건 아니겠지?"

철수의 허튼소리에 도훈이 확 발등을 찍어버릴까 생각하 다가 이내 추태를 부리기 싫어서 그냥 조용히 협박한다.

"입 다물어라. 이상한 소리 하지 말고."

"쳇, 농담도 못하나?"

"농담 한마디 던지고 영창 가고 싶어서 그러냐. 상대는 간 부라고. 그걸 잘 알아야지."

"알았다, 알았어."

전혀 안 것 같지 않은 눈치다. 철수의 우둔함을 잘 알기에 도훈은 내심 걱정이 되었지만 어쩔 수 없어 한숨을 내뱉는다.

왜 이 여자는 자신에게 급격히 많은 관심을 가지고 있는 것 일까.

목숨까지는 아니어도 그래도 위기의 상황에서 도훈이 유 리아를 구해준 것은 사실이다. 하지만 고작 그것으로 유리아 의 저런 집착을 받아들이기에는 조금 수상쩍은 면이 있다.

'알 수가 없군.'

고구마 맛 라떼를 잠시 음미하던 도훈의 이런 속사정을 아는지 모르는지 유리아는 스마트 폰을 만지작거리면서 도훈의 반응을 살피고 있다.

상대는 자신보다 계급이 한참 낮은 이등병, 본인은 간부다. 그럼에도 불구하고 뭘까, 이 알 수 없는 높낮이 차이는.

"하아……."

의미 모를 한숨을 내쉬던 유리아에게 한 통의 전화가 걸려온다. 급하게 통화 버튼을 누른 유리아가 자리에서 일어서며 말한다.

"아무래도 이제 슬슬 가야 할 거 같아. 오자마자 미안하지만 나 먼저 가봐야 할 거 같아. 그럼 다음에 기회가 있을 때 또 보도록."

"살펴 가시기 바랍니다, 소위님!"

거수경례를 하자 유리아도 마주 거수경례를 해주며 밖으로 나선다.

한동안 남자 둘이서 징그럽게 커피숍 안에서, 그것도 활동복에 이등병 모자를 쓰고 있으니 상당히 거북한 시선을 많이 받을 수밖에 없다.

"…우리도 그냥 나갈까?"

"그러는 게 좋겠다."

서로 합의하에 쓸쓸한 퇴장을 선언하고 만다.

행보관과 다시 합류하게 된 이들은 간단히 점심으로 중화요리를 먹고 난 뒤 다시 부대로 복귀하게 되었다.

도중에 유리아를 만났다는 사실은 비밀에 붙이기로 했다. 괜히 사단장의 조카딸과 이도훈이 연관이 있다는 사실을 날조해서 떠벌리고 다니고 싶지 않았기 때문이다.

주말의 평온한 시간을 보내는 이들에게 드디어 행보관의 점호 시간이 찾아오게 되는데.

"오늘 생활관 책임자는 김대한 병장님입니다."

"또 나야?"

매트리스에 머리를 올리고 TV를 보던 김대한이 노골적으로 귀찮다는 얼굴을 한다. 한수도 이런 김대한 병장의 반응에 익숙한 탓인지 군말하지 않고 생활관 인원 현황판과 보드마카를 들고 온다.

주섬주섬 전투복을 입고 전투화까지 신은 김대한이 분과별로 인원을 파악하기 시작한다.

"하나포 총원 여섯. 열외 무. 이상입니다."

한수가 깔끔하게 인원 보고를 마치고 난 후에 도훈과 철수에게 다가와 말한다.

"앞으로는 내가 없을 때, 혹은 내가 자리를 비웠을 때 너희가 해야 하는 일이다. 항상 우리 분과 선임들이 어디 가 계시는지 파악해 두고, 행정반에서 우리 분과 선임을 찾는 방송이나 아니면 당직사병이 급하게 찾는 경우가 오면 너희가 가서 데려와야 해. 알았나?"

"예, 알겠습니다!"

막내 생활이란 여러모로 고달프다. 특히나 우리나라의 경우에는 회사, 혹은 군대가 가장 대표 격이다.

이등병, 막내의 표본이자 상징적인 계급이 아닌가.

힘차게 대답하는 도훈과 철수를 바라보며 한수가 힘있게 웃어 보인다.

철수는 불안하긴 하지만 그래도 열심히 배우려는 모습이 인상적인 후임이다.

도훈은 말이 필요 없는 특 A급 신병이다.

누가 뭐라고 하지 않아도 알아서 잘 찾아 해내는 이도훈, 그리고 도훈의 옆에 늘 붙어 다니며 하나하나씩 동기에게 배워가는 철수의 성장이 한수에게 있어서는 듬직한 후임이라는 인식을 강하게 남겨주고 있는 것이다.

김대한 다음으로 분대장을 달아야 할 인물은 안재수지만, 안재수가 분대장을 다는 건 길어봤자 3개월이 채 되지 않는다. 분대장을 가장 오래 달고 있을 인물은 바로 한수. 이를 보좌하며 앞으로 들어올 후임을 교육시키고 자신의 일을 분담해 줘야 할 인물이 도훈과 철수다.

한수의 입장에서는 이 둘을 열심히 키우는 게 일병 계급장을 달고 있는 동안 자신이 신경 써서 해야 할 일이라는 사실을 충분히 인식하고 있다.

"맞다."

뭔가 떠올랐다는 듯이 급하게 화장실로 달려간 한수의 반응을 보고 눈치 빠른 범진도 재빨리 화장실로 튀어간다.

"한수 이 자식! 같이 가자!"

범진이 장난기 가득한 목소리로 화장실로 누가 빨리 가나 시합이라도 하듯 뛰어간다. 안재수는 저 둘을 보면서 작게 한숨을 쉴 뿐이다.

"저… 안재수 상병님."

철수가 궁금함을 느꼈는지 슬쩍 재수에게 질문한다.

"방금 저 상황은 도대체……."

"아, 너희들 세족식 준비하는 걸 한수가 깜빡하고 있었나 봐."

"세족식……!"

"그래, 양동이에 물을 떠와야 하는데, 두 사람 분량을 혼자서 떠올 수는 없잖아. 그래서 범진이 눈치 좋게 같이 가준 거지. 어디 보자. 그럼 난 비누하고 수건을 준비해 볼까."

자리에서 일어선 안재수가 수건과 더불어 한 번도 사용하지 않은 보급 비누를 꺼내 든다.

그와 동시에 헥헥거리며 대야에 물을 퍼오는 한수와 범진. 가장 먼저 범진이 도착하자 승리의 미소를 지으며 한수의 머리를 때린다.

"짜식! 어딜 감히 선임을 이기려 들어?"

"다리 거는 건 반칙이지 않습니까, 김범진 상병님. 잘못했다가 넘어지기라도 했으면 어쩌려고 그런 겁니까."

"그게 다 승부욕이라는 거야, 인마. 감히 일병 주제에 상병을 이기려 한 대가라고 할까."

"……."

과정에 약간의 문제가 생기긴 했지만, 어쨌든 모로 가도 서울만 가면 된다고 하지 않는가. 세족식 준비를 마친 이들의 앞에 행보관이 점호 겸 모습을 드러낸다.

"부대 차렷!"

1생활관 책임을 맡게 된 김대한이 인원 보고를 마치자 행보관이 고개를 끄덕인다.

"쉬어."

"쉬어!"

"오늘 신병들 세족식 준비해야지. 하나포 분대장."

"병장 김대한!"

"그리고 남은 한 명은… 고참에서 골라보자. 차기 분대장이 누구지?"

"상병 안재수."

"그럼 너희 둘이 세족식 준비해라."

아주 깔끔하게 인원을 선발한 행보관의 지시에 김대한과 안재수가 고개를 끄덕이며 전투복의 소매를 걷어 올린다.

얼떨결에 대야에 발을 담근 철수. 이 순간을 위해 목욕탕에서 그 서러운 쪽팔림을 당했음에도 불구하고 열심히 발을 씻고 또 씻었다. 반면 도훈은 익숙하게 대야에 발을 담근다.

도훈은 김대한이, 그리고 철수는 안재수가 발을 씻겨주기로 하고 천천히 세족식을 거행한다.

그러자 행보관이 미소를 지으며 지켜보는 이들에게 말한다.

"세족식의 의미는 후임이 선임을 존중하고 선임도 후임을 배려한다는 의미를 담은 의식이다. 물론 본래 세족식은 종교적인 의미가 강하긴 하지만, 군대 내에서 행하는 세족식은 이 행보관이 말한 말을 기억해 두면 된다. 너희도 앞으로 후임이 들어오면 세족식을 해줘야 할 테니 그때 발을 씻겨주면서 세족식은 이러이러한 의미다고 말해주면 된다. 알겠나?"

"예, 알겠습니다!"

언젠가는 도훈도 그렇고 철수도 마찬가지다.

자신의 후임이 들어오면 해줘야 하는 의식 중 하나. 서로가 서로를 존중하고 배려한다면 군대 내에 있는 악습도 서서히 없앨 수 있을 것이다.

그래서 이렇게 제대로 된 세족식은 아니지만 절차 자체를 충실히 이행함으로 인해 존중의 의미를 다시 한 번 새기는 것이다.

물론 행보관의 말처럼 그대로 인식하며 따르는 사병들은

얼마 없을 것이다. 하지만 하고 안 하고는 하늘과 땅 차이인 법.

　형식적으로나마 이런 작은 이벤트를 하는 건 플러스면 플러스지 적어도 마이너스적 요소는 아니라고 본다.

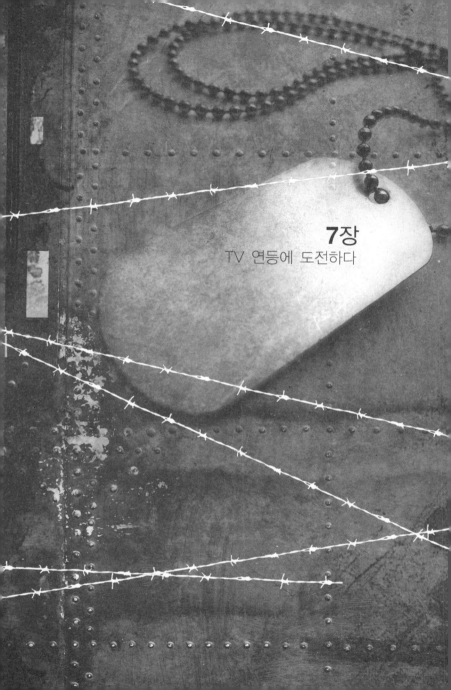

7장
TV 연등에 도전하다

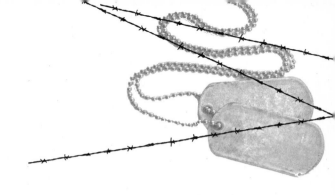

세족식을 마치고 나자 행보관이 만족스러운 웃음을 보이며 말한다.

"오늘 점호는 이것으로 끝낸다. 다들 일찍 자라."

"예, 알겠습니다!"

재빨리 취침을 이루기 위해 부산히 움직이는 와중에 김대한이 갑자기 좋은 아이디어가 떠올랐는지 최수민을 부른다.

"최수민, 이쪽으로 와봐!"

"……?"

행정실에서 이제 막 방송 마이크로 취침 기념 노래를 틀어주려던 최수민이 발걸음을 빠르게 하여 김대한에게 다가

온다.

"무슨 일이십니까, 김대한 병장님?"

"오늘 행보관님한테 TV 시청 가능한지 좀 물어봐라."

"에이, 안 될 거 뻔히 아시지 않습니까, 김대한 병장님."

"그래도 오늘 그거 하잖아. 걸그룹 파티!"

김대한이 말하는 건 요새 한창 잘나가는 걸그룹들이 단체로 출연해서 버라이어티쇼를 펼치는 TV 프로그램을 일컫는 말이다.

군인들에게는 희망의 시간이요, 걸그룹을 영접할 수 있는 경건한 시간일지도 모르지만 하필이면 당직이 행보관인지라 그런 협상은 쉽사리 통하지 않을 듯싶다.

하지만 행보관이 과연 이걸 쉽사리 용납할 수 있을까.

"어쩔 수 없지."

김대한이 자리에서 일어서 슬리퍼를 신고 행정실을 향해 발걸음을 옮긴다.

순간 최수민은 말릴까 말까 고민했지만 자신의 짬으로 김대한을 말릴 수 없다.

행정실로 들어선 김대한이 과감하게 행보관에게 말하기를,

"행보관님, 병장 김대한, TV 연등을 신청합니다!"

"……."

한가운데 의자에 앉아 있던 행보관이 어이가 없다는 시선

으로 김대한을 훑어본다.

그리고 말한다.

"안 된다고 한다면?"

"깔끔하게 포기하겠습니다!"

"흠."

행보관의 밑에서 일한 지 거의 1년 반이 넘어가는 김대한이다. 그렇기에 행보관의 성격을 김대한은 아주 잘 알고 있다.

김대한의 승부수에 병사들이, 특히나 말년들이 아주 긴장 어린 표정으로 행정실의 상황을 유심히 지켜본다.

어차피 말년들이 나서봤자 행보관은 콧방귀도 뀌지 않는다. 하지만 분대장을 달고 있고 병장치고는 나름 많은 일을 하는 김대한이라면 어떨까.

"좋아, 그럼 이 행보관이랑 내기 한번 해볼까?"

"내기… 말씀이십니까?"

"그래, 얼마 전에 우리 포대에 병기본 측정했던 거 기억나나?"

"예, 기억납니다."

"그중에서 화생방 파트를 맡았던 작전장교님께서 우리 부대에 방독면을 12초 안에 제대로 쓴 병사가 없다고 말씀하시더라. 너도 들은 적 있겠지?"

"…예, 들은 적 있습니다."

"그것 때문에 이번에 통제관이 대대장님한테 엄청 깨졌다고 하더만. 그래서 이 행보관이 너한테 내기를 걸어보마. 만약 우리 부대에서 12초 내에 보호 두건까지 완벽하게 방독면을 착용하는 병사 두 명만 뽑아봐라. 그럼 내가 직접 시험해서 통과하면 노력한 기념으로 TV 연등 신청을 받아주마."

"정말이십니까?!"

"그야 물론. 남자가 두말할 필요가 있나."

"알겠습니다. 후회하게 만들어 드리겠습니다, 행보관님."

뭔가 대단한 선포를 하고 돌아온 김대한이었으나 눈앞이 캄캄하다.

분명 행보관은 그냥 방독면 착용만이 아닌, 방독면 주머니 착용에 방탄모, 그리고 총까지 착용한 상태에서 지면에 장구류를 하나도 떨어뜨리지 않고 12초 안에 보호 두건까지 쓰라는 내용일 게 틀림없다.

사실상 그게 가능한 사병은 몇 명 없다.

꼼수를 사용할 순 있으나 도전자는 단 두 명으로 한정하고 행보관이 바로 앞에서 감시하기 때문에 꼼수도 통하지 않는다.

한마디로 완벽한 FM 자세에서 12초 안에 보호 두건까지 착용해서 가스, 가스, 가스라는 구호를 외쳐야 합격한다는 것이다.

"돌아버리겠네, 진짜!"

말년 중 하나가 매트리스 위를 대굴대굴 구르며 아쉬운 한탄을 내뱉는다.

점점 걸그룹 파티 쇼 시간은 다가오고, 남은 시간 동안 행보관과의 내기에서 이겨야만 TV를 시청할 수 있다.

"책임이 무겁다는 건 안다. 하지만… 하지만 걸그룹에 굶주린 우리를 위해 누군가 영웅이 되어주지 않겠는가, 전우들이여!'

김대한의 외침에 모두가 고개를 들지만 손을 드는 사람은 아무도 없다.

누가 감히 행보관 앞에서 방독면 12초 안에 쓰기 같은 무모한 도전을 하겠는가.

하지만 이 무모한 도전에 손을 드는 용기 있는 자가 있었으니.

"제가 한번 해보겠습니다."

손을 든 것은 다름이 아닌 하나포의 중추를 맡고 있는 한수였다.

자대 내에서는 A급 사병이라 불리지만 한수에게도 어려운 미션이다. 꽤나 힘든 도전이 될지도 모르는 이 가시밭길을 스스로 지원한 게 대견스러운지 대한이 한수의 양어깨에 손을 올리며 비장한 표정을 지으며 말한다.

"네 두 어깨에… 걸그룹이 달려 있다."

"칭찬인지 욕인지 모르겠지만, 일단 한번 해보겠습니다."

"그래, 너라면 할 수 있다! 한수! 힘내라, 짜식아!!"

1생활관의 전폭적인 지지에 힘입어 첫 번째 도전자는 한수로 결정되었다.

한수는 승부욕 하나로 먹고사는 남자다. 남에게 절대로 지고 싶지 않기에 누구보다도 최선을 다한다. 아까 범진과의 장난도 사실은 은근슬쩍 승부욕에 불타서 자신도 모르게 전력을 다할 뻔했다.

"이제 남은 한 명이 문제인데."

말년병장도 쉽사리 도전하지 못할 이 과제를 누가 성공시킬 것인가.

도전자는 나오지 않고 있다. 대한은 자신이라도 도전해 볼까 하는데 결국 손을 든 인물이 있었으니.

"…신병이잖아?"

그렇다. 손을 든 인물은 다름 아닌 이도훈. 최강의 이등병이라 불리고 있으며 말년병장보다도 짬밥이 많은 특이한 신병이기도 하다.

"너, 제대로 할 수 있어?"

불안한 기색으로 대한이 슬쩍 도훈에게 의사를 재차 확인해 보지만, 도훈은 거침없이 대답한다.

"오히려 훈련소에서 막 훈련을 받고 나온 신병이 이런 FM 병기본 측정 같은 건 더 잘할 수 있다고 생각합니다."

"으음……"

묘하게 설득력 있는 말에 대한의 고개가 절로 끄덕여진다.

하긴 훈련소에서 병기본을 죽어라 배우고 왔기에 그 기세를 몰아 자대에서 한 방 크게 터뜨리면 그게 TV 연등이라는 기적을 일으킬 수도 있을 것이다.

하지만 방독면을 만져본 짬의 차이가 완전히 다른 이 자대의 세계에서 도훈이 기세 하나만으로 행보관의 직접 감독이라는 심리적 압박을 이겨내고 무사히 테스트를 통과할 수 있을지에 대해서는 미지수이다.

이런 걱정은 대부분이 하고 있지만 정작 도훈 본인은 아무런 걱정을 하지 않는다.

이도훈이 누구인가. 2년 넘게 짬을 먹고 자란 최강의 군인이다.

'보고만 있으라고, 이 잡것들아.'

이미 짬밥 순위로 따지자면 도훈보다 앞서는 이는 없기에 당당히 포부를 밝히고 행정실로 향한다.

오른손에는 방독면을, 그리고 왼손에는 방탄모를 들고.

"할 수 있겠어, 신병?"

한수가 은근슬쩍 떠보는 말투로 넌지시 묻자 도훈은 자신 있다는 듯이 고개를 힘차게 끄덕인다.

"이미 저는 합격해 있습니다."

"자신감 하나는 인정해 주마."

한수가 부담 없이 해보자는 식으로 격려의 말을 건넨다. 그 역시도 일병이라는 높지 않은 계급을 달고 이 싸움(?)에 임하는 것이 쉬운 결단은 아니었을 것이다.

그럼에도 불구하고 두 사나이는 전장을 향해 발걸음을 옮긴다.

선발된 두 사람을 지그시 바라보던 행보관이 살짝 실망했다는 눈초리로 바라본다.

"하필이면 나온 것이 일병 찌끄러기하고 그 일병 찌끄러기보다도 못한 신병이냐."

"……."

"말년들은 뭐하고 있기에 안 나와? 도대체 짬은 다 똥구멍으로 처먹은 새끼들인가."

행보관이 일부러 바깥에 들리게끔 목청을 높여 크게 말하자, 말년들은 어느새 도망가고 없다.

괜히 행보관 앞에서 밉상이 되었다가는 그나마 있는 말년 휴가도 잘릴 거 같기에 이렇게 신중히 몸을 사리는 것이다. 물론 행보관은 마음에 안 드는 게 바로 말년들의 그러한 태도이다.

"쯧쯧, 젊은 것들이 하나같이 패기가 없어서 원."

패기를 자랑하기 위해 굳이 위험을 무릅쓰지 않겠다는 것 또한 말년들의 의지일 것이다. 별수 없다는 듯이 한숨을 내쉰 행보관이 스마트 폰을 만지작거리며 '초 재기' 어플을 실행한다.

"아무리 짬밥 안 되는 너희라 할지라도 1초도 안 깎아주고 냉정하게 체크할 것이다. 알겠나?"

"예, 알겠습니다!"

"그럼 한수 너부터 시작해 봐라."

행보관은 한 명씩 불러내 개별적으로 테스트를 실시할 생각인지 먼저 한수를 지목한다. 지목당한 한수는 침을 꿀꺽 삼키면서 한 발자국 앞으로 나온다.

"최수민."

행보관의 말에 곧장 대답하는 당직사병.

"상병 최수민."

"지금 당장 총기함 열어서 총 한 점 줘라. 아까도 말했듯이 총과 방탄모, 그리고 방독면 부수 물품 하나도 떨어뜨리지 않고 방독면 마스크, 보호 두건까지 완벽하게 12초 안에 착용해야 한다."

"알겠습니다!"

행보관은 한다면 하는 남자다.

자신이 내뱉은 말에 책임을 질 줄 알아야 하고, 남자가 발설한 한마디의 무게감은 그 어떠한 말보다도 중압감이 있어야 한다.

그게 바로 행보관의 마인드이자 철칙. 병사들의 얄팍한 수에 넘어가지 않겠다는 행보관의 강한 의지가 돋보이는 명령이다.

총기를 꺼내 한수에게 넘겨주자, 침을 삼키며 건네받은 한
수가 K—2소총을 들고 자세를 잡는다.

하면 된다.

까짓것, 불가능한 일이 어디 있겠는가.

한수가 마음을 다잡으며 준비 상태에 돌입하자, 행보관이
거침없이 시작을 알린다.

"가스!"

행보관의 말을 듣자마자 번개 같은 속도로 한쪽 무릎을 굽
히며 자세를 잡는 한수. 물론 전투화 이외에 어떤 것도 지면
에 닿아서는 안 된다. 현재 한수가 적용받고 있는 상황 부여
는 바로 지대가 오염이 되었다는 설정이기 때문이다.

물품을 떨어뜨리는 순간, 제독하지 않으면 사용할 수 없는
폐기 물품이 된다. 화생방 상황에서 발생할 수 있는 아주 기
본적인 수이기도 하다.

총기는 물론이요, 방독면 안에 있는 부수 물품들이 덜그럭
소리를 내며 꽤나 위험한 상황을 연출하지만, 한수는 당황하
지 않고 침착하게 총을 고정시키고 방단모를 자신의 한쪽 무
릎에 씌우며 순식간에 방독면을 펼친다.

미리 보호 두건도 제대로 세팅해 놨기 때문에 크게 문제는
없다. 자신의 얼굴 사이즈에 맞게끔 조정도 해뒀기 때문에 고
무 끈이 걸려 얼굴에 쓰지 못해 탈락하는 일도 없다.

남은 것은 보호 두건뿐.

한쪽 팔을 차례로 보호 두건 끈 안으로 넣은 한수가 마지막으로 보호 두건의 끈까지 완벽하게 조이고 양팔을 수평으로 벌린 채 머리 쪽을 향해 팔을 굽히는 형태로 세 번 반복해 외친다!

"가스, 가스, 가스!"

"음……."

행보관이 스톱 버튼을 누른 것은 11.34였다. 일단 안정권에 들었지만 문제는 그다음이다.

"어디 그럼 확인 한번 해볼까?"

"……!"

"뭘 그리 놀라나. 방독면을 제대로 썼는지 확인하는 건 병기본 측정의 기본이 아닌가?"

"마, 맞습니다!"

한수가 식은땀을 흘리기 시작한다. 물론 긴장하고 있는 건 다른 부대원들도 마찬가지.

가스를 세 번 외치기 전에 본래는 방독면 정화통에 손을 갖다 대어 공기가 제대로 정화통을 거치고 들어오는지 아닌지 확인했어야 할 한수지만, 본의 아니게 그 과정을 생략하고 말았다.

굳이 말할 필요도 없지만 행보관은 이 사실을 잘 알고 있다. 과정을 생략했기에 본인이 제대로 방독면을 착용했는지에 대해서 모를 것이다.

만약 방독면 정화통에 손을 대어 공기가 들어오지 않으면 한수의 승리, 그리고 공기가 들어오게 되면 행보관의 승리다.

초미의 관심사. 모두의 시선이 한수의 정화통에 꽂힌다.

초미의 관심을 사게 된 한수의 방독면 마스크, 그중에서도 정화통.

꿀꺽.

모두의 침 넘어가는 소리가 들려올 정도로 분위기는 절정에 이르렀다. 행보관의 손이 정화통에 닿자 떨어지는 한마디.

"숨 쉬어봐."

그리고 시작된 한수의 호흡에 모두의 귀가 기울여진다.

스읍!

다시 한 번 스읍!

방독면이 살짝 일그러지며 공기가 없다는 것을 확인시켜주자 행보관이 고개를 끄덕이며 말한다.

"음, 합격!"

"나이스, 한수!!"

"이 짜식, 네가 해낼 줄 알았다!!"

마치 2002년 월드컵 영광의 그 순간을 다시 한 번 되새기기라도 하듯 모두가 환호성을 내지르며 진심으로 기뻐한다.

하지만 아직 TV 연등 축제의 파티를 벌이기에는 아직 시기상조이다.

"이제 신병이 남았군."

행보관의 눈초리가 더욱 날카롭게 빛나기 시작한다.

남은 인원은 바로 이도훈. 어찌 보면 제3자의 시선으로 보자면 가장 불안 요소일지도 모른다.

물론 행보관도 고작 이제 막 전입한 신병이 자신의 냉철한 심사를 벗어날 수 없을 거라 생각하고 있다. 행보관뿐만 아니라 생활관 인원 전부가 쉽지 않은 승부가 되리라 생각하지만, 이도훈의 알 수 없는 자신감에 모든 것을 걸어보자는 식으로 바라본다.

'흐음……'

방독면 주머니를 매만지며 가볍게 이미지 트레이닝을 실시해 보는 이도훈. 방독면 빨리 쓰기 정도는 2년 군 생활을 토대로 지겹게 실행하던 병기본 측정 중 하나다.

남녀노소까지는 다니더라도 부대를 불분하고 가장 기초가 되는 병기본 훈련이기에 도훈의 방독면 빨리 쓰기는 어찌 보면 이 부대의 기본적인 전투력 측정을 할 수 있는 하나의 기준이 될지도 모른다.

하지만 도훈은 그래 봤자 노란 햇병아리 견장을 달고 있는 신병.

모두의 예상을 깰 수 있을지 없을지에 대해서는 아무도 예상하지 못한다.

그러나 단 한 명, 오로지 이도훈 본인만이 이 승부의 결과를 진즉에 예상하고 있을 뿐이다.

'껌이지, 이 정도야.'

남들은 이번 내기의 불안 요소를 이도훈이라고 생각할지 모르지만, 도훈은 오히려 그 생각에 반감이 들 수밖에 없다.

불안 요소 따위는 없다.

약속된 승리의 TV 연등!

"그럼 신병, 이쪽으로."

"예, 알겠습니다!"

도훈이 방독면 마스크와 방탄모를 장착하고 최수민에게 총을 부여 받는다.

"그럼……."

행보관이 또다시 자신의 스마트 폰 초시계 어플을 실행한다. 시작 버튼을 누름과 동시에 행보관의 목소리가 행정실을 가득 채운다.

"가스!"

"가스!"

순식간에 자리에 주저앉은 도훈이 독특한 자세를 취한다.

한쪽 무릎을 굽히는 자세가 아닌, 양 무릎 사이에 총기를 고정시키고 그 총구 끝에 방탄모를 걸쳐 놓는다.

이렇게 해놓으면 양팔의 자유도가 훨씬 상승하게 된다. 그 점을 노린 도훈은 최대한 방독면 부수 물품이 빠져나가지 않게끔 주의하면서 방독면을 꺼낸다.

그러나,

"앗?!"

모두의 탄성이 행정실 안에 울려 퍼진다. 이도훈은 아직 방독면을 배정 받지 않았다. 그래서 김범진의 방독면을 빌려 왔기 때문에 도훈이 생각한 대로 방독면 부수 물자 위치가 고정되어 있지 않았던 것이다.

방독면 주머니에서 빠져나온 것은 다름 아닌 수통 마개.

'젠장!'

속으로 욕지거리를 내뱉은 도훈이 순식간에 오른손을 수통 마개를 향해 있는 힘을 다해 펼친다.

마치 슬로우 모션과 같은 순간,

모두의 시선이 지면으로 떨어지는 수통 마개에 꽂혀 있을 때, 도훈의 오른 손가락이 아슬아슬하게 수통 연결 고리를 붙잡는다.

"좋았어!"

"잘한다, 신병!"

하지만 시간은 촉박하다. 방금 부수 물자가 떨어지는 것을 방어하는 데에는 성공했지만, 그로 인해 1초나 낭비한 것이다.

'이러다가 제시간 안에 못하겠어!'

방독면 마스크 고무 끈만 조절해 놓은 자신의 실수였다. 부수 물자의 위치까지 완벽하게 조정을 해뒀어야 하는데 시간이 너무 촉박하다 보니 급하게 고무 끈만 조절하고 오게 되었다.

'훗. 성공하기 어렵겠지? 자대 들어온 지 얼마 되지도 않은 신병이.'

행보관은 이미 속으로 자신의 승리를 확정 지은 지 오래다.

제아무리 날고 기는 특 A급 신병이라고 해도 방독면 쓰기는 여간 어려운 게 아니기 때문이다.

그러나 이도훈이 누구인가!

'이까짓 방독면 쓰기가 감히 나의 짬밥 앞길을 막을쏘냐.'

도훈의 손놀림이 더욱 빨라진다. 마치 아수라와 같이 순식간에 여섯 개의 팔이 달린 형상처럼 보일뿐더러, 시선은 오로지 방독면 마스크에 쏠려 있다.

방독면 마스크의 고무 끈을 앞면으로 넘겨두었던 도훈이 그대로 끈 뭉치를 자신의 뒷덜미로 가져간다. 밑의 끈만을 빠르게 조인 뒤에 순식간에 보호 두건을 착용하고 끈 밑으로 하여 양팔을 겨드랑이 사이로 끼우는 데까지 걸린 시간이 9초.

9초 안에 모든 일을 해결한 도훈이 빛의 속도로 외친다.

"가스, 가스, 가스!"

띠익!

스톱 버튼을 누르는 소리와 함께 행보관이 침음성을 흘린다.

"…9.31……."

"헉!"

기쁘다기보다는 모두의 말문이 막히는 순간이다. 설마 보호 두건까지 완벽하게 쓰는 병사 중에 9초대 기록을 세우는 사람이 나올 줄이야.

물론 행보관의 짬밥 인생에서 도훈처럼 9초대 기록을 세운 사병은 꽤 많이 봐왔다. 하지만 이들은 전부 도가 튼 말년병장이거나, 아니면 화생방 관련 학교를 나와 화생병으로 전문적인 교육과 기술을 거친 병사들에 한해서이다.

그러나 도훈은 이도저도 아닌, 그저 막 자대에 전입해 온 신병이다.

그 신병이 한수보다도 빠르게 완벽하게 방독면을 착용한 것이다.

"아니, 아직은 이르지!"

속단하기 이르다는 표정으로 자리에서 일어선 행보관이 천천히 도훈에게 다가간다.

이번에도 여지없이 검사를 행하려는 듯이 행보관이 정화통에 손을 댄다.

그러자,

스읍!

방독면의 고무 안면이 살짝 압축되는 것으로 보아 분명 공기가 통하지 않는다.

"하, 합격……."

"……!!"

기쁘다기보다는 오히려 놀라움에 가깝다.

말 그대로 도훈이 저지른 일은 진기명기. 보호 두건 없이 그냥 방독면을 착용하는 것도 9초대를 끊기가 쉽지 않은데 도훈은 그대로 9초대를 끊어버렸다. 조금만 더 빨랐으면 8초도 노릴 수 있었을 것이다.

방독면을 벗으며 자신의 기록을 확인한 이도훈.

모두가 놀라는 가운데 도훈은 그저 혀를 차며 가볍게 내뱉었다.

"에이, 얼마 안 나왔네."

*   *   *

"미소녀시대에에!!"

밤 11시가 다 되어감에도 불구하고 사병들은 연이어 등장하는 걸그룹에 정신이 팔려 각자 좋아하는 걸그룹을 부르짖으며 연호한다.

그중에는 김철수 또한 포함되어 있다.

반면, 도훈은 그저 눈요기로만 걸그룹을 보고 있을 뿐, 연신 하품을 하며 멀찌감치 떨어져 걸그룹들의 우아한 자태를 감상하고 있다.

도훈의 모습을 보던 김대한이 갑자기 TV 앞 특등석 자리에 공간을 내더니 도훈에게 말한다.

"우리 신병, 여기 와서 봐라."

"아닙니다. 전 여기가 편합니다."

"됐어, 인마. 오늘은 너하고 한수 때문에 이렇게 TV를 보는 거 아니냐. 그러지 말고 어서 와."

"…알겠습니다."

도훈은 내심 못 이기는 척하며 자리에서 일어섰다.

진작부터 도훈은 자신이 이러한 대접을 받을 거라는 사실을 알고 있었다. 감히 누구 때문에 TV를 보게 되었는가. 누구 때문에 걸그룹을 영접하게 되었는가.

이게 다 이도훈과 한수의 선방에 의한 은혜로운 이벤트라고 해도 전혀 부족하지 않다.

"우리 이등별님께서 등장하셨구만!"

말년들도 오늘만큼은 이도훈에게 꼬장을 부리지 않는다. 물론 곧 전역할 이들이기에 그다지 걸그룹에는 큰 관심이 없지만, 그래도 군인은 군인. 전혀 관심이 없는 것은 아니다.

그보다도 취침 시간 이후에 TV를 본다는 일 자체만으로도 말년들에게는 크나큰 영광이자 혜택이 아닐까 싶다.

한수와 나란히 자리를 잡은 도훈은 TV에 나오는 걸그룹을 보며 눈을 정화하게 된다.

어차피 병아리 견장을 달고 있기에 이들이 잠을 자는 도중 외곽 근무나 불침번을 설 일은 없다.

어차피 풀(Full)로 취침 시간을 애용할 수 있으니 마음껏 TV를 보면 된다.

내일도 주말. 토요일에 이은 일요일 콤보니까 말이다.

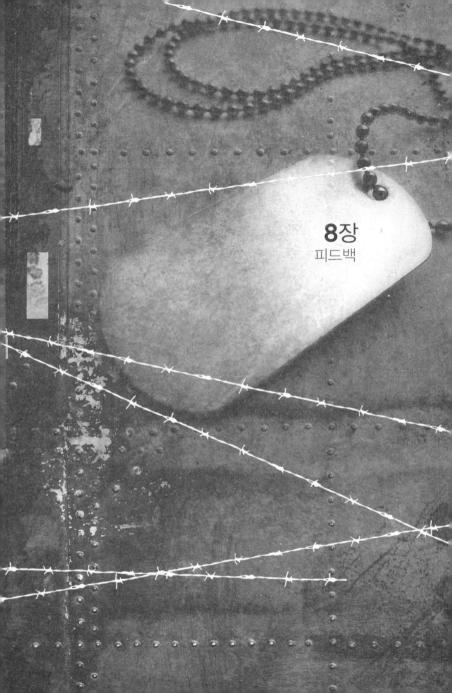

8장
피드백

그리고 다음 날 아침.

"종교 행사 집합한다. 집합!"

"집합!"

막사 앞에 모인 사병들. 물론 말년들과 어느 정도 짬이 되었다 싶은 고참급들은 죄다 빠지고 일, 이등병들만 바글바글한 종교 행사 집합이 시작되었다.

"우리도 짬 좀 먹으면 종교 행사 안 가고 쉴 수 있겠지?"

철수가 부럽다는 듯이 말하지만, 그 세월이 과연 언제 올 수 있을지에 대해서는 미지수다.

언젠간 오겠지만 그날이 오기 전에 전쟁이 일어날 수도 있고, 지구가 멸망할 수도 있다.

사람의 인생은 종잡을 수 없는 불확실로 이뤄져 있으니까 말이다.

그 대표적인 사례가 바로 이도훈. 설마 전역을 하루 앞두고 누가 다시 훈련병 시절부터 생활할 것이라 생각했을까. 아마 이도훈 본인도 몰랐을 것이다.

여하튼 철수와 도훈이 선택한 종교는 바로 기독교.

불교도 있지만 우선 기독교부터 가보고 이후에 불교도 가보자는 철수의 의견에 따라 도훈은 어쩔 수 없이 고개를 끄덕였다.

이들과 동참하게 된 인물은 다름 아닌 같은 분과 맞선임인 한수였다.

"너희 둘도 기독교냐?"

"일단 한번 가볼까 합니다!"

철수의 외침에 한수가 피식 웃어 보인다.

"줏대가 없는 녀석들이구만. 뭐, 여러 군데 둘러보고 정하는 편이 낫지. 여기는 훈련소처럼 먹을 걸로 유혹하진 않으니까."

자대에서의 종교 행사는 짬이 안 되는 후임급 계급에는 거의 강제적으로 참가를 강요한다. 그렇기에 선임급들은 이 소중한 주말을 종교 행사로 날려먹고 싶지 않다는 생각 탓에 참여하지 않는다.

그중에서도 물론 절실한 기독교 신자라든지 집안이 불교 집안인 사람들은 자의적으로 선임급이라 하더라도 종교 행사에 참여하곤 한다.

오와 열을 맞춰 교회 앞에 들어선 제1포대 인원들. 교회 안으로 들어가자 가슴팍에 '군종'이라는 두 글자를 새겨 넣은 병사들이 밴드 연주를 준비하고 있었다.

독특한 군종 마크를 보던 철수가 신기하다는 듯이 묻는다.

"저거 엄청 멋있게 생겼다. 뭐하면 달 수 있는 거냐?"

"왜, 해보려고?"

"군종이라는 게 뭔데?"

"종교 행사를 주관하거나 도움을 주는 병사를 말하는 거다. 저 사람들은 기독교 군종병이지."

"굳이 주말에 힘들게 뭐하러 저런 걸 도맡아하는 걸까. 절실한 기독교인이라서?"

"그것도 그거겠지만 저걸 하면 '그걸' 주거든."

"초코파이?"

"니 머릿속엔 초코파이밖에 없냐. 그것보다 군인에게 더좋은 거 있잖아. 그걸 준다고 하면 무슨 좀비 떼처럼 마구잡이로 입에 게거품을 물며 달려드는 그거."

"무슨 스무고개라도 할 생각이냐. 그냥 속 시원하게 말해주면 어디가 덧나?"

"포상휴가 말이야."

도훈의 해답을 들은 철수가 눈을 동그랗게 뜨며 놀라움의 최상급 표현을 선보인다.

"저, 정말?!"

"군종병뿐만 아니라 제초병, 그리고 얼마 전에 우리 머리를 잘라주던 김범진 상병님 같은 이발병, 취사병 등등, 특수한 작업의 병사는 그 대가에 따른 포상휴가를 받지."

"우와!! 짱인데?!"

"포상휴가를 주는 그만큼 힘들다는 뜻이잖아."

"군종병은 별로 안 힘들어 보이는데."

"신앙심을 물로 보지 마라, 이 멍청한 녀석아."

도훈의 일침에도 불구하고 철수는 포상휴가가 탐난다는 눈동자로 군종병들을 바라본다.

"좋아, 결심했다."

"뭘."

"난 군종병이 될 남자다!"

철수가 결심을 굳힌 듯 두 주먹을 꽉 움켜쥔다.

그 모습을 본 도훈이 작게 한숨을 쉬며 말하길,

"지랄도 정도껏 떨어라, 병신아."

나름 알찬 기독교 행사를 마치고 돌아온 이들.

주말의 평온한 시간을 보내고 다시 맞이하는 일상의 시작은 두말할 필요도 없이 웃통 벗고 구보하기였다.

"헥헥……."

거친 숨을 몰아쉬며 포대 막사로 복귀한 철수는 옆에 있는 한수에게 슬쩍 말을 건네 본다.

"저… 한수 일병님."

"어. 왜?"

"우리 포대는… 군종병 맡으신 분이 안 계시는 겁니까?"

"아니. 있는데."

"그분이 누구십니까?!"

일단 현재 군종병을 맡고 있는 사람에게 잘 보여서 그 군종병 타이틀을 자신이 가로채겠다는 야심을 품은 철수는 곧장 행동에 임하게 된다. 그 모습을 잠자코 보고 있던 도훈은 잠시 다른 생각을 한다.

철수가 군종병을 맡게 되는 일이 과연 이 차원에서 벌어지게 될 올바른 미래일까.

물론 그렇다고 철수가 저렇게 호들갑을 떨어봤자 군종병이 뚝 하고 떨어진다는 건 아니다. 한눈에 봐도 그냥 어중이 떠중이처럼 지내다가 철수만 바보 되는 꼴이 날 게 틀림없기 때문이다.

"우리 포대 군종병은 바로……."

"식사 집합 5분 전!"

"식사 집합 5분 전!"

당직사병의 말에 복명복창하며 황급히 매트리스 선을 정

리하는 도훈과 철수. 빠르게 막사 앞으로 집합하면서 철수는 절호의 찬스를 놓쳤다는 안타까움에 혀를 찬다.

식사를 마치고 포상에서 간단히 견인곡사포를 정비하고 난 이들은 아주 놀라운 소식을 듣게 되었다.

"야! 야! 야!!"

어딜 갔었는지 김대한이 황급히 포상으로 뛰어오며 하나포 분대원들을 소집한다.

"전부 모여봐라!"

"또 무슨 일이십니까?"

하나포에서 사수를 맡고 있는 안재수가 포를 정비하기 위해 각종 도구를 꺼내놓으며 묻자, 그런 건 아무런 상관이 없다는 듯이 김대한이 억지로 이들을 불러 모은다.

"초특급 소식이 있다! 초특급 소식!"

"그게 뭡니까?"

소문에 상당히 관심을 많은 김범진이 한수의 목덜미를 끌고 오며 김대한 앞에 등장한다. 도훈과 철수 역시도 예외 없이 노란 견장을 착용한 채 도란도란 모이자 김대한이 싱긋 웃으며 말하길,

"우리 포대에 드디어 전포대장님이 오시게 되었다!"

"전포대장이라면……."

포대장을 보좌하는 위치가 바로 전포대장이다. 포대 내에

서 포대장을 제외하면 유일한 장교이기도 하며, 포대장 다음
으로 직급이 높은 사람이 맡게 되는 직책이기도 하다.

그동안 제1포대는 전포대장 자리가 비어 있었다. 그래서
오늘 들어올 인물에 대해서 이도훈은 아주 잘 알고 있는 사람
이라고 생각하고 있다.

왜냐하면 이도훈이 분대장을 달기 전까지, 그러니까 거의
1년 가까이 포대에서 생활해 오던 화끈한 성격의 남자 중위
였기 때문이다.

그러나 이건 도훈의 커다란 착각이었다.

"에… 주목해 봐라, 주목."

"주목!"

김대한이 목소리를 가다듬으며 오늘 전입해 오게 된 새로
운 전포대장의 정체를 밝히려는 순간, 타종이 울리면서 제1포
대의 집합을 알리기 시작한다.

"쳇. 오늘따라 타이밍이 참으로 그지같구만."

불만을 토로한 쪽은 다름 아닌 철수였다. 오늘 아침에도 군
종병의 정체를 들을 수 있는 절호의 기회를 날려먹은 것도 모
자라 오늘따라 왜 이리 운수가 안 좋은지 모르겠다는 표정을
지어 보이며 뒤를 따르는 철수의 귓가에 믿을 수 없는 사실이
들려왔다.

아니, 어찌 보면 철수보다 도훈에게 더 충격적인 사실일지
도 모른다.

"사, 사단장님 조카따님이잖아?"

철수의 말과 함께 사병들이 웅성거리기 시작한다. 처음에
는 그저 예쁘장한 여군 소위가 단상에 서 있다고 생각했는데
알고 보니 사단장의 조카딸이라니!

삼촌과 조카 사이라기보다는 이제 거의 부녀지간이라고
불리는 편이 더 좋을 정도로 끈끈한 가족으로서의 유대감을
지니고 있다. 그 마무리, 혹은 결정타를 지어준 게 바로 이도
훈이다.

단상에 서 있는 유리아 소위가 주변을 둘러보더니 도훈과
눈이 마주치자 희미하게 미소를 짓는다.

순간 움찔하는 이도훈. 시선을 마주친 것도 우연의 일치일
진데, 필히 저 미소는 자신을 보고 날려준 것이리라 믿어 의
심치 않았다.

물론 자신이 왕자병이라든지 그런 것에 걸렸다고는 생각
하지 않는다. 그럴 만큼 유리아의 미소는 너무나도 노골적이
었다.

"자, 다들 주목해라."

"주목!"

행보관이 등장하자 사병들의 웅성거림이 순식간에 사그라
진다. 잠시 헛기침을 하던 행보관의 뒤를 이어 포대장이 묘하
게 각이 잡힌 행동으로 단상으로 올라간다.

자신보다도 계급이 두 단계나 아래인 소위임에도 불구하

고 함부로 뭐라 할 수 없는 게 바로 제1포대 포대장의 애매한 위치를 대변하고 있다.

"자, 자! 우리 포대에 새로 오신 유리아 소위님……."

"포대장님, 왜 저에게 존댓말을 하시는 겁니까? 제 아버지는 신경 쓰지 마시고 군의 규율에 따라 엄격하게 대해주시기 바랍니다."

리아가 딱 잘라 말하자 움찔하며 포대장이 얼굴을 손으로 힘있게 문지른다.

그렇다. 리아의 말이 맞다. 아무리 군대가 연줄의 영향력을 강하게 받는다 하더라도 그 연줄보다 강한 것이 바로 계급 아닌가.

군대는 바로 계급 사회의 대표 격. 대위가 소위를 무서워한다는 건 말이 안 되는 사실이다.

"어흠! 이번에 새로 우리 포대의 전포대장으로 오게 된 유리아 소위다! 다들 박수!"

짝짝짝!

우레와 같은 박수 소리가 유리아를 반긴다. 무엇보다도 포대 최초의 여군이라는 점, 그리고 그 여군이 끝내주는 미인이라는 점이 여자에 매우 약한 군인의 남심(男心)을 자극한 모양인가 보다.

박수 소리가 끝나자 리아가 제법 딱딱한 표정으로 단장 앞에 선다.

"너희와 앞으로 동고동락하게 된 소위 유리아라고 한다. 며칠 전에 이 부대에 오기도 했지만, 오늘부터 정식으로 이 제1포대의 전포대장으로 오게 되었으니 앞으로 잘 부탁한다!"

"예!"

도훈이 예상치 못한 일이 발생하고 말았다.

유리아의 등장. 분명 전포대장으로 와야 할 사람은 덩치 좋은 남자여야 한다. 그런데 난데없이 유리아라는 인물이 새로운 도훈의 군 생활 한구석을 차지하게 되었다.

이해할 수 없는 상황에서 한동안 어벙한 표정으로 유리아를 바라보고 있던 도훈에게 철수가 뭘 그리 넋을 놓고 있냐는 듯이 말을 건다.

"왜 그래? 너의 오랜 연인을 찾았다는 그런 표정을 다 짓고."

"무슨 헛소리를 하는지 잘 모르겠지만 단단히 잘못 짚었다, 이놈아."

도훈이 가지고 있는 2년간의 기억에서 또 다른 예측 불가능한 인물이 등장하고 말았다. 그 첫 번째가 철수라면, 두 번째는 유리아라고 할 수 있다.

도훈은 자대 생활을 하면서 이들을 만나본 적도 없다. 철수는 훈련소에서 인연이 끝났고, 유리아는 존재 여부만 알고 있지 실제로 이렇게 가까운 사이가 되리라고는 생각하지 못했다.

그리고 당연한 말이겠지만 이 둘에 관한 기억에 대해 도훈은 전혀 가진 바가 없다.

이는 즉 이들이 앞으로 벌이게 될 행보에 대해서는 도훈도 예측 불가능하다는 것이다.

'아무리 서로 다른 차원의 일이라고 하지만 이건 너무나 수상쩍다.'

미세하게 아파오는 관자놀이를 무시하며 도훈은 인적이 드문 장소를 찾았다.

집합이 끝나자마자 도훈은 행보관이 자신을 찾는다고 거짓말을 하고 나서 빨래터로 향했다.

말이 빨래터지 아무것도 없는 공터에 위가 비닐로 덮여 있고, 밑에는 철봉같이 생긴 것들에 빨랫줄이 연결되어 있는 것이 전부다.

인기척이 없음을 깨달은 도훈이 황급하게 외친다.

"이도훈 서포터즈 소환!"

하늘 위로 오른손을 뻗으며 외치자 어이가 없다는 시선으로 등장한 서포터즈 삼인방.

그중에서 대표로 다이나가 딴지를 건다.

"뭐지, 그 쪽팔린 포즈는?"

"왠지 너희를 부를 때 매번 멋없이 호출하는 거 같아서 잠깐 약간의 각색을 해봤어."

"약간이 아니잖아?"

파워레인저가 악당을 상대하기 전에 쫄쫄이 복장으로 변신하기 직전의 포즈와도 같은 모습이다. 도훈의 존재 자체가 창피하다는 식으로 고개를 절레절레 흔드는 다이나, 트위들디와는 다르게 앨리스는 여전히 하트 뿅뿅 눈동자로 꺄악 소리를 지른다.

"역시 도훈이는 뭘 해도 멋있어!"

"후후후, 앨리스, 너만이 나의 미적 감각을 알아주는구나."

"응, 응, 당연하지. 여자 친구니까."

"그 점에 대해서는 맹렬하게 부정하고 싶지만, 그래도 네가 나에 견줄 정도로 훌륭한 미적 감각의 소유자라는 면이 나를 관대하게 만드는구나. 흐음."

이것들이 생쇼를 한다는 시선으로 바라보던 트위들디가 자신의 트레이드마크인 선글라스를 머리 위로 올린다.

"그것보다 부른 이유가 뭐야? 우린 바쁘다고. 한꺼번에 셋이나 호출하다니."

"아, 맞다."

이제야 이들을 부른 이유에 대해 깨달은 도훈이 다이나에게 말한다.

"우선 저번에 너희가 나를 데려갔던 그 카페로 자리를 옮기자."

"…알았어."

불만 가득한 표정의 다이나가 가볍게 손가락을 팅기자 순식간에 주변 풍경이 달라진다.

흑과 백의 칼라로만 이뤄진 카페 내부에 들어서자, 역시 형태가 없는 주인장이 빠르게 커피를 테이블 위에 올려놓는다.

커피의 종류는 저번에 도훈이 이 카페에 처음 왔을 때와 동일한 것이다.

"에헴."

우선 기침으로 서두를 열기 시작한 도훈의 말이 천천히 전개된다.

"우선 한 가지 확인해 보자."

"무엇을?"

앨리스가 한층 가벼운 말투로 묻는다. 그러자 도훈이 다시 한 번 헛기침을 하며 말을 잇는다.

"김철수라는 덩치 녀석이 나와 같은 자대에 배치 받게 된 거. 이것은 저번에 너희가 나에게 설명했을 때는 분명 이 차원에서는 원래 일어날 일이라고 했어."

"응."

"맞아."

"그랬지."

순차적으로 앨리스와 트위들디, 그리고 다이나가 고개를 끄덕인다.

그리고 이어지는 도훈의 두 번째 질문.

"그렇다면 이번에 유리아 소위가 우리 부대로 오게 된 것은?"

도훈이 생각하고 있는 건 철수 건과 유리아 건은 완전 별개의 경우의 수라고 생각하고 있기 때문이다.

철수는 그냥 도훈과 같이 자대 배치를 받은 게 전부다. 유리아의 경우는 이런 철수와 다른 이유가, 누군가의 자리를 대신해 도훈이 있는 자대로 오게 되었다는 점이다.

즉, 철수는 이 부대에 있어도 그만이고 없어도 그만인 플러스알파 같은 존재라면, 유리아는 원래 이도훈이 있는 자대의 전포대장으로 왔어야 할 중위 남성을 대신해서 유리아가 그 자리를 차지하게 된 것이다.

이것은 말 그대로 이 차원에서 벌어진 이레귤러가 아닐까.

"역시… 이 인간은 머리가 좋네."

트위들디의 한숨 섞인 말에 다이나의 눈이 가늘어진다.

도훈의 말에 앨리스는 잔뜩 주눅이 든 상태고, 트위들디 역시도 허겁지겁 다시 선글라스를 착용하면서 자신의 시선을 감춘다. 보아하니 아마도 업무상 실수를 저질러 다이나에게 잔뜩 혼이 난 모양인가 보다.

"안 들킬 줄 안 너희의 잘못이야."

"…설마……."

혹시나 하는 생각으로 다이나를 바라보는 도훈이 빠르게 해답을 요구하는 시선을 보낸다.

사실 도훈도 어느 정도 짐작은 하고 있었다.

앨리스의 과장된 언행, 그리고 본래는 크게 다쳤어야 할 도훈이 멀쩡하게 자대에서 생활하고 있다.

혹시 앨리스가 자신이 도와줬던 그 일이…….

"인과율 10을 넘었어."

다이나가 선고하듯이 말한다. 그럴 줄 알았다는 표정으로 작게 탄식한 도훈에게 다이나가 연이어 말을 이어간다.

"본래는 벌어져서는 안 될 불규칙한 미래, 인과율 10을 넘음으로 인해 발생한 현상이라고 해. 우리는 이것을 '피드백'이라 부르고 있어."

피드백.

인과율 수치 10이 넘어갈 때 이 차원에 있지 말아야 할 불규칙한 미래를 만들어가는 현상이기도 하다. 미래를 예측하고 있는 차원관리자 국장인 체셔는 국장의 권한으로 앞으로 펼쳐질 미래에 대해 미리 알고 있지만, 피드백이 발생하는 경우에는 체셔 또한 미래를 예측하지 못한다.

"틀어져 버린 미래를 다시 예측한다는 건 매우 힘든 일이기도 해."

다이나의 말에는 가시가 있다. 앨리스의 무모한 행동에 의해 인과율이 틀어지게 되었고, 그 피드백이 도훈에게 직접적으로 간섭하게 되었다는 의미이기도 하다.

"흐음……."

팔짱을 낀 채 의자에 몸을 묻은 도훈을 슬쩍 바라보며 앨리스가 눈치를 살피기 시작한다. 트위들디 역시도 처음에는 피드백이 발생했다는 사실을 다이나에게 발각되었을 때 엄청나게 혼났다.

생각해 보면 이도훈 서포터즈 팀장인 다이나가 이도훈의 주변에 발생하는 불규칙한 미래를 모를 리가 없다. 성공리에 비밀로 붙였다고 생각한 공범 이인조지만 그 사실은 너무나도 금방 발각되고 말았다.

사건의 주모자인 앨리스를 인턴직에서 자르니 마니 할 이야기가 나올 정도였지만, 국장인 체셔는 자신이 모르는 불규칙한 피드백 현상이 발생했다는 사실에 오히려 좋아할뿐더러 다이나가 자신의 부하 직원을 감싸준 터라 무사히 앨리스는 가벼운 처벌을 받고 끝날 수 있었다.

"그런데 그 가벼운 처벌이라는 게 뭔데?"

아무리 도훈이 앨리스를 막 대한다 해도 자신을 구해준 여자의 신변에 무관심한 것은 아닌지 슬쩍 떠보는 식으로 묻는다.

그러자 트위들디가 아주 간단하다는 듯이 대표로 대답한다.

"실험체 ABC−0(Zero)와 일주일 동안 신체 접촉을 금한다는 내용이었나요, 팀장님?"

"그래, 토씨 하나 안 틀리고 말 잘했어."

앨리스의 시무룩한 표정으로 봐서는 뭔가 대단한 처벌을 받지 않았나 싶었는데 고작 신체 접촉 금지 일주일이란다. 별 거 아닌 걸로 괜히 걱정했다는 듯이 늘어지게 한숨을 내쉬던 도훈이 뭔가 스쳐 지나가는 듯한 단어를 꼬집는다.

"그런데 실험체 ABC—0라는 것은 나를 가리키는 거냐?"

"맞아. 무슨 문제라도……?"

다이나의 말에 즉각적으로 반론하기 시작한다.

"멋없다. 다른 걸로 바꿔."

"명칭 수정에 대해서는 반론을 들을 여지가 없다고 생각하지만… 참고 삼아 들어두도록 하지. 말해봐."

"The Hero Man—Infinity EX～!"

"기각."

"…이년이! 감히 나의 네이밍 센스를 무시하냐?"

"누차 말하지만 넌 네이밍 센스가 최악이야. 게다가 누가 그런 긴 명칭을 사용한다고 그래? 실험체면 실험체답게 그냥 문자 나열식 명칭이나 사용해."

"쳇. 정 없는 녀석이구만."

사소한 말다툼보다는 다른 쪽에 더 신경을 써야 할 필요성을 느낀 도훈이 본래의 화두로 돌린다.

"좋아, 그럼 피드백에 대해 이야기해 보자. 내가 알고 있는 상식으로는 여군은 포병 분과에 지원이 불가능하다고 들었는데."

"그건 네 본래 차원의 이야기이고. 말했지? 이 차원과 네가 있던 차원은 같은 거 같지만 미묘한 점이 다르다고. 이 차원은 여성 군인이 포병 분과에도 지원할 수 있게끔 제도가 마련되어 있어. 남녀평등… 이라나 뭐라나. 여하튼 그런 문제가 화두가 된 적이 있어서 법률적으로 개선이 되었다고 인간 역사에 쓰여 있지."

"음, 남녀평등이라……. 여가부가 또 손을 쓴 건가."

매번 문제가 되는 집단이라 할 수 있는 여성가족부의 등장에 도훈의 눈꼬리가 살짝 올라간다.

어쨌든 결국 이 모든 요소를 조합해 보면 이런 결론이 나온다.

사단장과 같이 이 부대를 방문한 유리아의 수상한 태도. 부대 주변을 구경하는 듯한 행동에 의아함을 느끼던 도훈은 오늘 유리아 소위가 자신의 부대로 오게 된 일, 그리고 그 일이 피드백 현상으로 인해 발생되었다는 것까지 전부 알 수 있었다.

"그렇다면 질문."

"또 뭔데?"

노골적으로 귀찮다는 표정을 짓는 트위들디에게 일침을 가하는 도훈의 한마디.

"네가 대답해 주는 거 아니잖아."

"그래도 듣는 입장에선 귀찮아."

"이년이고 저년이고 하나같이 정말."

잠시 고개를 설렁설렁 지어 보이던 도훈이 결국 핵심적인 말을 내뱉는다.

"혹시 유리아 소위가 나 좋아하냐?"

"……."

한동안 이어진 침묵을 가장 먼저 깬 것은 다름 아닌 여태 잠자코 있던 앨리스였다.

"이 더러운 암캐!! 내가 찾아가서 사지를 다 절단 내버릴 거야!! 감히 내 남자 친구에게 꼬리를 쳐?! 이 요망한 년이!!"

"입 좀 다물어."

트위들디가 마구 날뛰는 앨리스의 입을 두 손으로 막아버리자 겨우 조용해진 분위기 속에서 다이나의 한숨 소리가 연이어 들려온다.

도훈은 순간적으로 아마도 저 반응으로 보아서는 자신의 추측이 정답이지 않을까 싶다.

머릿속으로 잠시 혼돈의 카오스를 거친 도훈이 생각을 정리한다.

유리아의 관심을 받고 있다.

"즉… 이번 피드백은……."

도훈의 말이 이어지기 전에 다이나가 딱 잘라 한 단어로 압축한다.

"피드백 명칭은 '사랑(Love)'이야."

"참으로 낯 뜨거운 피드백이구만."

진심 어린 감탄과 더불어 약간의 창피함을 섞어서 말한 도훈의 말에 또다시 날뛰며 앨리스가 고래고래 소리를 친다.

"그딴 사랑! 버그라구요, 버그! 지금 당장 수정해야 해요! 아니, 그 여자 존재 자체를 세상에서 지워 버리면 되잖아요!"

"이도훈과 영원히 신체 접촉 금지를 당하고 싶지 않다면 조용히 해, 앨리스."

정색하며 말하는 다이나를 누가 막을쏘냐. 순식간에 합죽이 모드로 전환된 앨리스가 이번에는 두 손으로 자신의 입을 틀어막는다.

아무리 유리아를 향한 분노가 바벨탑처럼 하늘 높은 줄 모르고 솟아 있다 한들, 그렇다고 자신에게만 손해가 되는 일은 벌이고 싶지 않았다. 아무리 저돌적인 성격의 앨리스라 해도 그런 이성적인 판단 정도는 충분히 할 수 있었다.

겨우 잠잠해지자 도훈은 재빨리 이후의 대처를 생각해 보았다.

유리아가 자신에게 관심이 있다. 그래서 여군에게 그 힘들다는 포병에 일부러 지원해 왔다.

이건 분명 자신에게 있어서는 감사한 일이다. 예쁜 여자가 자신을 좋아해 준다는데 싫어할 남자가 세상에 어디에 있겠는가.

하지만 그렇다고 한들 군대 내에서의 관심은 부담스러울 뿐더러 사단장 조카딸의 시선을 매번 감당해야 하는 일반 사병의 입장에서는 심장이 덜컹거릴 일이기도 하다.

유리아가 사단장이라는 존재와 엮여 있는 한 도훈의 마음은 한시도 편할 날이 없을 것이다.

"유리아 소위가 나에게 관심을 가지고 있는 그것이 정상적인 형태는 아니란 뜻이잖아. 피드백으로 발생한 버그……? 여하튼 그런 유의 사례라면 수정할 수 있지 않냐?"

"그건 힘들어."

이번에는 트위들디의 답변이다.

"미래는 정답이 정해지지 않은 시간적 흐름이야. 우리야 모든 수치를 계산하고 그에 따른 결과가 어찌 나올지 예측하고 있기에 미래가 어떻게 될지 알 수 있지만, 본래 미래는 그 누구도 간섭할 수 있고, 그 누구도 바꿀 수 있어. 우리가 단순히 인과율 수치라는 걸 정해서 미래를 가급적이면 예측 가능한 방향으로 끌고 가려는 것은 미래를 '관리하기 쉽다'는 측면 때문이지 결코 이게 부정적인 현상은 아닌 거야."

"만약 부정적인 현상이었으면 앨리스는 바로 잘렸겠지. 제아무리 팀장인 나라 해도 그만한 중죄를 저지른 앨리스를 감싸는 행동은 어디까지나 한계가 있는 법이야."

트위들디에 이어 다이나까지 부차적인 설명을 마치자 도훈의 머릿속에는 하나의 결론이 떠오른다.

결국 인과율 수치가 10이 넘어가지 않는 범위 내에서 이도훈 서포터즈의 간섭을 허용하는 것은 미래를 예측하기 쉽게 만들려는 일종의 규율 같은 것이고, 설사 인과율 수치가 10이 넘어간다고 해도 그게 '죄(罪)'라는 형태의 범죄 행동이 아닌 또 다른 미래로 나아가는 새로운 길을 개척한다는 의미라는 뜻이다.

앨리스가 벌인 일로 인해 현재 차원관리국 미래 예측 부서는 수정된 미래를 다시 밝혀내느라 야근하고 있다고 한다. 앨리스의 사소한 행동이지만, 그만큼 미래는 크게 바뀌어가고 있다는 뜻이기도 하다.

그리고 도훈이라는 한 인물에게도 커다란 영향을 미치고 있었다.

"…어렵구만."

자신의 까칠한 머리를 긁적이던 도훈이 미약하게 숨을 토해낸다.

미래는 바뀌었다. 아니, 앞으로 바뀔 가능성이 충분하다.

이도훈이 지니고 있는 2년간의 기억이 앞으로 군 생활을 헤쳐 나갈 모범 답안은 아니란 뜻이다.

해답지를 잃은 건 아쉽긴 하지만.

"그래도 예측 불가능한 미래여야 인생이 재미있는 법이지!"

자리에서 일어선 도훈이 별것 아니라는 듯이 서포터즈 삼 인방에게 말한다.

"피드백이니 뭐니 하는 그런 복잡한 건 난 모르겠다. 하지만 확실한 건 두 가지야."

"뭔데?"

"첫 번째, 누군가가 정해준 길을 그대로 따라서 걸어간다는 건 재미없다는 것. 예측 가능한 미래 따위는 엿이나 먹으라고 해. 예측 따위 하지 않아도 이 이도훈님께서는 충분히 대처가 가능하니까."

"재미있는 포부네. 그리고 두 번째는?"

"…앨리스를 너무 괴롭히거나 탓하지 마. 녀석은 그래도 내가 만난 첫 번째 차원관리자이면서 처벌을 감수하고 날 구해줬으니까. 그리고… 제법 귀엽다는 생각도 들고……."

뭔가 쑥스러운 듯이 말하는 도훈을 바라보는 앨리스의 눈시울이 순식간에 붉어진다.

그러더니 이내 탄력적인 볼 살을 타고 흐르는 뜨거운 눈물과 함께 앨리스의 감정이 폭발한다.

"우에에에에엥!!"

"…우는 게 무슨 어린아이 같은 울음소리를 내냐."

"그치만… 그치만… 기뻐서… 흐윽……."

"나 참, 그런 걸로 기뻐하지 말라고."

앨리스는 차원관리자 중에서도 지나치게 감정적이다.

하지만 그런 앨리스를 도훈은 꽤나 마음에 들어하고 있었다.

비록 겉으로는 아닌 척하지만 말이다.

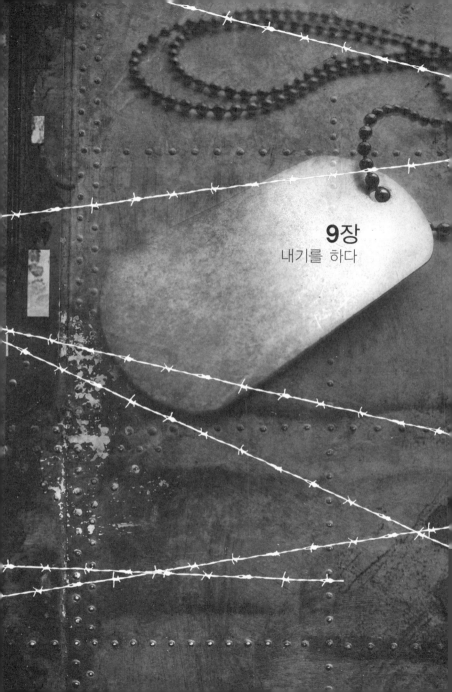

9장
내기를 하다

군대에서는 경우의 수가 두 가지 존재한다.

바로 평일과 평일이 아닌 날.

평일이 아닌 날에는 또 두 가지 부류로 나뉘게 된다.

주말과 주말이 아닌 날.

그렇다면 여기서 의문을 가질 수밖에 없을 것이다. 평일도 아니고 주말도 아닌 날은 도대체 무슨 날인가.

그것은 군대에서만 느낄 수 있는 특수한 구간이라고 설명할 수밖에 없다.

이름하야 훈련 기간.

"모두 주목해 봐라, 주목!"

"주목!"

이른 아침. 식사를 마치고 9시에 막사 앞에 집합한 이들에게 포대장이 헛기침을 하며 시선을 모은다.

"너희도 미리 알고 있겠지만 이번 주 수요일과 목요일 1박 2일 동안 우리 포대는 포대전술훈련 기간이 돌입하게 된다. 알고 있겠지?"

"예!"

물론 도훈과 철수도 얼핏 들어서 알고 있다. 철수는 듣긴 했지만 포대전술훈련이라는 개념 자체가 뭔지 모르기에 기억이 안 나는 눈치로 보이지만 도훈은 모를 리가 없다.

포대전술훈련. 자대 전입 이후 처음으로 도훈이 치른 훈련이기도 하며, 군 생활을 하면서 가장 욕을 많이 먹은 날 중 하루이기도 하다.

"이번에는 특히 하나포에 신병이 많은데, 포대전술 기간 동안 잘 가르쳐서 본인의 임무에 충실히 임할 수 있도록 한다. 알겠나."

"예, 알겠습니다!"

"이번 포대전술훈련은 매우 중요하다. 사단장님의 조카따님이신… 에헴, 유리아 소위의 자대 전입 이후 첫 번째 훈련이기도 하니까 행여나 사단장님이 오실 수도 있을 가능성이 충분하다고 본다."

물론 가능성이 있다는 의미이지만, 사단장이 올 수도 있다는 말 자체로 인해 포대 분위기는 순식간에 찬물을 끼얹은 듯한 분위기로 전환된다.

그러나 그때 유리아가 포대장에게 다가가 귓속말로 뭔가를 속삭인다.

그러자 순간 포대장의 표정이 환하게 바뀌며 약간 높아진 목소리 톤으로 말한다.

"사단장님은 안 오신다!"

"오예에!!"

단체로 환호를 지르며 기뻐하는 사병들. 유리아는 이들의 모습에 어이가 없다는 표정을 지어 보이지만 사단장의 방문이라는 게 사병들에게도, 그리고 간부들에게도 얼마나 큰 부담으로 작용하는지 아주 잘 알고 있기에 그러려니 하고 넘긴다.

"어쨌든 이번 훈련엔 사단장님이 안 오신다 해도 최선을 다해 임하도록!"

"예, 알겠습니다!"

포대장의 말과 함께 오전 집합은 해산했다.

본래대로라면 행보관과 같이 부대 관리를 해야 하지만, 훈련이 얼마 안 남은지라 오늘은 특별히 각 분과별로 훈련에 대한 후임 교육과 동시에 물품 정리하는 시간을 가지게 되었다.

물론 신병이 많은 하나포도 여기에 포함된다.

포상으로 다시 오게 된 이들에게 한수가 헛기침을 하면서 이들이 훈련에 임할 때 맡아야 할 역할에 대해 소개한다.

"너희는 3, 4번 포수를 담당하게 될 거다. 주 임무는 작키를 띄우는 일인데, 아주 간단하다."

한수가 이들을 이끌고 155㎜ 견인곡사포 앞부분으로 데려간다.

포가 나가는 기다란 원통형 아래를 가리키는 한수. 조잡하게 무언가가 뭉쳐져 있는 쇳덩이에 철봉 같은 걸 꽂더니 수평 방향으로 좌, 그리고 우로 번갈아가며 봉을 왔다 갔다 돌린다.

"너희는 이것만 하면 돼."

"알겠습니다!"

실로 간단해 보이지만 해본 사람의 입장이기도 한 도훈은 절대로 작키를 띄우는 게 간단한 게 아니라는 사실을 충분히 숙지하고 있다.

그러나 철수는 단순하면서도 쉬워 보이는 일에 관심이 생기는지 별것 아니라는 듯 간단하게 몸을 푼다.

"쉬워 보이는데 말입니다?"

"그럼 직접 한번 해볼래?"

"예!"

겁 없이 먼저 도전장을 내민 철수가 쇠막대기를 잡는다.

철수가 작키를 띄운다는 말에 포를 정비하고 있던 재수도, 텐트를 챙기고 있던 범진도, 그리고 구석에 쌍박혀 몰래 낮잠을 자고 있던 대한도 자리에서 일어나 모두 철수에게로 향한다.

"오, 한수. 벌써 신병들에게 작키 띄우는 거 알려주고 있냐?"

"포대전술훈련 때 3, 4번 포수 담당할 예정인데 이 정도는 해야 하지 않겠습니까?"

"하긴 너하고 나 둘이서 좇나게 띄우는 것도 이제 힘드니까. 범진이는 사수라 안 되고, 김대한 병장님은……."

"얌마, 나 병장이야, 병장. 이제 3, 4번 포수 벗어날 때 되었다고."

"등 근육 좀 키우시지 말입니다. 하면 살도 빠지고 좋을 텐데."

"시끄러워. 감히 병장을 속이려고 하냐? 짬내 난다. 저리 가라."

범진의 엉덩이를 걷어찬 대한을 뒤로하고 심호흡을 하며 정신을 집중시키는 철수.

"그럼 시작!"

초시계 스타트 버튼을 누르는 한수의 말과 함께 철수가 있는 힘껏 봉을 오른쪽으로 민다.

"으랴압!"

기운찬 목소리와 함께 시작된 작키 띄우기. 오른쪽으로 갔다가 왼쪽으로 갔다가 왔다 갔다 하는 작키 봉을 컨트롤하는 건 매우 어려운 일이다.

게다가 155㎜ 견인곡사포 작키를 혼자 띄운다는 건 체력적으로도 엄청나게 소모가 많은 일이다. 보기에는 쉽게 느껴질지 몰라도 매우 힘든 일이다.

30초가 지났을 무렵,

"헥헥……."

벌써 지친 철수가 작키 봉에 매달리다시피 하며 간신히 봉을 움직이기 시작한다.

"체력이 진짜 저질이구만, 이 녀석."

범진이 한숨을 쉬며 혀를 찬다. 덩치는 산만 한 녀석이 체력이 저질이라서 어디 쓸 곳도 없다. 밤일하는 데도 체력이 필요한 일인데, 어째서 철수의 여자 친구는 이 녀석의 정력에 대만족을 하고 있는지 이유를 잘 모르겠다.

한동안 지켜보던 이들. 거의 작키를 다 띄울 무렵 철수가 비지땀을 흘리며 결국 GG 선언을 하고 만다.

"모, 못하겠습니다!!"

땅에 대(大) 자로 뻗은 철수가 마라톤이라도 한 듯이 숨을 거칠게 몰아쉰다.

한겨울임에도 불구하고 땀은 거의 무더위 수준으로 나오고 있다. 한수는 이미 예상이라도 했다는 듯이 고개를 절레절레 저으며 철수에게 말한다.

"초반에 너무 무리하게 힘을 줘서 그래. 이건 순전히 테크닉이다."

"그, 그렇게… 안 보이는데 말입니다."

"힘만 믿고 작키를 띄우면 너처럼 되는 거야. 이건 초반에 몰아치는 게 아니라 템포를 유지하면서 보다 실속 있고 빠르게 제한 시간 안에 작키를 띄우는 게 목표니까."

한수가 이론적으로 설명해 주지만, 철수가 이야기만으로 모든 것을 알아들을 거라고는 생각하지 않을 것이다.

철수의 녹다운된 모습을 바라보던 한수가 이번에는 도훈에게 시선을 돌린다.

"혹시나 하지만… 너도 한번 해볼래?"

제아무리 도훈이라도 이건 무리일 것이다.

산만 한 덩치의 소유자인 철수도 풀작키를 띄우는 것을 포기했는데, 그에 비해 왜소한 체격의 도훈이 어떠한 수로 혼자서 풀작키를 띄우겠는가.

신입 이등병 중에서는 아직까지 아무도 혼자서 FM으로 풀작키를 제대로 띄운 사람이 없다. 물론 지금 A급이라 불리는 한수도 처음에는 풀작키를 띄우지 못했다.

한수뿐만 아니라 여기에 있는 모두가 불가능했던 일을 과연 도훈이 할 수 있을까.

"예, 해보겠습니다."

"하다가 힘들면 그냥 포기해. 우린 다 너그러운 마음으로 이해해 줄 테니까."

범진이 장난기 가득한 목소리로 말하지만, 도훈은 아주 깔끔하게 그 친절을 받아친다.

"괜찮습니다. 풀작키로 도전해 보겠습니다. 아니, FM으로 도전하겠습니다."

"…진심이냐?"

"예, 물론입니다."

"잠깐, 스톱! 작전 타임 좀!"

범진의 말에 모두가 우르르 그를 향해 몰려든다. 도훈을 빼고 하나포 인원 전부가 모여서 쑥덕쑥덕 상의를 하기 시작하는데.

"한수, 저 녀석이 정말로 풀작키를 띄울 거라고 생각하냐?"

"아무리 도훈이라고 해도 풀작키는 저희 포대 중에서도 가장 힘든 일 중 하나 아닙니까. 그것도 막 전입해 온 신병이 풀작키를 띄울 거라고는 생각하지 않습니다."

"김대한 병장님은 어떻습니까?"

이번에는 범진이 대한이에게 묻자, 그 역시도 고개를 절레절레 흔들며 부정적인 의견을 내뱉는다.

"저건 힘들어. 지금까지 2년 짬밥을 먹어온 나로서도 믿고 싶지 않다."

"그럼 우리 내기하면 어떻습니까?"

"내기?"

범진이 기회를 노리고 재빨리 말을 꺼낸다."

"예, 신병이 작키를 풀로 띄울 수 있다, 없다로 말입니다. 지는 팀이 이번 훈련 때 추진비 전부 대기. 어떻습니까?"

"그건 좀 타격이 큰데……."

참고로 추진이란, 훈련을 갔을 때 PX에서 훈련 기간에 먹을 것을 미리 사놓는 행위를 말한다.

이번 전술훈련은 포대 단위이기 때문에 그리 많은 기간이 아닌 1박 2일에 그치겠지만, 그래도 훈련을 하고 안 하고의 차이는 군인에게 있어서 매우 중요하다.

분과 운영비 하나만으로는 추진을 하기엔 턱없이 부족한 액수이기에 이렇게 사비를 털어 모아서 추진하곤 한다.

그런데 이번에는 절호의 찬스가 오게 되었다.

훈련도 얼마 안 남은 상황에서 도훈의 작키 띄우기 여부로 이번 추진 비용을 충당하는 게 어떠냐는 범진의 아이디어다.

꾀돌이라 불리는 범진에 어울리는 아주 합당하고 괜찮은 타이밍이다. 내기를 제안한 것도 그렇고 재미와 추진비를 동시에 만족시킬 수 있으니까 말이다.

하지만 지는 쪽은 타격이 크다. 이번에 지게 되면 PX와는 영영 안녕이라는 작별 인사를 해야 할 인물도 있기 때문이다.

"전 못 띄운다에 걸겠습니다."

재수가 먼저 선공을 날린다.

"이유가 뭔데?"

대한이 직접적으로 묻자, 재수가 나름 냉정하게 상황을 파악했다는 듯이 자신감 어린 표정으로 대한의 물음에 답한다.

　"확률 싸움입니다."

　"확률?"

　"예, 지금까지 신병 중에서 전포 신병까지 통틀어 이등병 때, 그것도 자대에 전입해 온 지 한 달 이내의 신병 중에서 근 98.23%의 대다수가 한 번에 풀작키를 띄운 적이 없습니다."

　"…넌 도대체 어디서 그런 데이터를 구해온 거냐?"

　질렸다는 표정으로 말하는 대한에게 재수가 출처는 비밀이라고 하며 말을 아낀다.

　"여하튼 그런 과학적인 근거로 저는 못 띄운다에 걸겠습니다."

　나름 대학 다닐 때 수학 전공인 안재수의 과학적 해석(?)에 참가자들이 술렁이기 시작한다.

　데이터의 정확도 여부는 둘째치고 포대의 브레인이라 불리는 안재수의 말이다. 쉽사리 무시할 수 없는 인물이기에 그의 의견도 어찌 보면 모범 답안일지도 모른다.

　"전 띄울 수 있다에 걸겠습니다."

　안재수의 답안에 반기를 든 것은 다름이 아닌 한수다.

　"이유를 들어볼 수 있을까?"

　재수가 안경을 고쳐 쓰며 묻자, 한수가 별거 아니라는 듯이 대답한다.

"전 그냥 감입니다."

"흠음. 너 요즘 돈 많은가 보다? 추진비가 걸려 있는 마당에 단순히 감으로 내기를 하다니."

"맞선임이 후임을 믿어줘야지 누가 믿어주겠습니까? 그런고로 전 신병을 믿어보기로 했습니다."

"…그럼 못 띄운다에 건 나는 뭐가 되냐, 도대체?"

재수가 살짝 식은땀을 흘리며 딴지를 건다.

졸지에 후임을 못 믿는 나쁜 선임 역할을 도맡게 된 재수였지만, 그 역할을 자처하는 인물이 또 한 명 등장하게 된다.

"나도 못 띄운다에 걸겠다."

그 인물은 바로 하나포에서 가장 많은 짬밥을 섭취한(도훈을 제외하고) 김대한이다.

병장의 의견은 매우 중요할 수 있다. 왜냐하면 이들 중에서 가장 많은 군 생활(거듭 말하지만 도훈은 제외하고)을 해온 인물이 아닌가. 병장의 경험과 노하우를 무시했다가는 큰코다칠 수 있다.

"나의 나름 오랜 식견을 토대로 생각해 보자면, 재수의 말에 한 표를 던져주고 싶다. 지금까지 병장 계급을 다는 데까지 이등병 중에서 풀작키를 띄운 적이 있는 녀석은 본 적이 없어. 그것도 가라가 아닌 FM이라잖냐. 가라 풀작키는 많이 띄워봤어도 FM으로 풀작키를 띄우는 건 병장인 나도 힘들어."

병장도 힘들어하는 FM 풀작키 띄우기!

과연 도훈은 이번 내기에서 승자로 거듭날 수 있을까.

못 띄운다에 두 표, 띄운다에 한 표.

이제 투표권을 가지고 있는 인물은 범진과 철수다.

"넌 어떻게 할 거냐?"

이 내기의 주모자라 할 수 있는 범진에게 의사를 묻는 대한. 범진도 속으로는 도훈이 풀작키를 띄울 수 있느냐 없느냐에 대해 생각을 이미 정하고 있었기에 이런 내기를 제안한 게 아닐까 싶다.

범진은 당연하다는 듯이 고개를 끄덕이고 외친다.

"띄울 리가 없을 겁니다!"

"그런데 뭘 고민하는 척하냐?"

대한이 혀를 차면서 범진에게 쓴소리를 한다. 내기의 주모자라 해서 뭔가 대단한 생각을 하고 있나 싶었는데 모두 다 똑같은 생각을 하고 있다.

"그렇다면……."

남은 유일한 투표권을 갖고 있는 철수에게로 모두의 시선이 향하자 철수는 당연하다는 듯이 말한다.

"띄운다에 걸겠습니다."

"동기에 대한 믿음이 대단하네?"

"저 녀석은 왠지 군대에 관해서만큼은 못하는 게 없었습니다. 훈련소 때도 혼자서 사격 만 발을 맞추고, 야간 행군 때도 군장 두 개를 짊어지고 피눈물산 급경사를 올랐습니다. 전 도훈이라면 충분히 가능하다고 생각합니다!"

"음……."

도훈에 관련된 일화는 제1포대에서도 꽤나 유명하다.

이미 수류탄 사건으로 인해 소문이 퍼진 상태였고, 도훈의 놀라운 능력은 대기 기간 중에도 여실히 발휘되었다.

특히나 가장 화두가 되고 있는 것은 역시나 사단장과의 일전.

햇병아리 신병임에도 불구하고 사단장의 일대일 면담을 훌륭하게 소화해 낸 신병의 일화는 가히 전설로 남지 않을까 싶다.

물론 그 부작용이라고 말할 수 있을지도 모르겠지만, 사단장의 조카딸이기도 한 유리아가 이 부대로 전입해 오게 되었다는 결과만 빼고는 나머지는 다 괜찮았다.

부대원들은 예쁜 소위가 들어와서 좋지만, 문제가 있다면 아마 간부들일 것이다.

특히나 그 직접적인 영향을 받는 게 다름 아닌 포대장. 유리아가 소위임에도 불구하고 매번 유리아의 눈치를 보게 되는 것은 어쩔 수 없는 숙명인가 보다.

여하튼 그런고로 군대 내에서의 이도훈은 천하무적이라 철석같이 믿고 있는 철수를 포함해 한수까지 띄울 수 있다에 건다.

3대 2.

일방적인 스코어는 아니지만, 도훈에게 불리한 건 사실이다.

'할 수 있을까.'

도훈도 일단 대놓고 허세를 부리기는 했지만, 그렇다고 자신이 있는 건 아니다.

도훈의 체력이 최상급이었던 시절, 그러니까 상병 때의 체력이라면 풀작키 정도는 웃으면서 띄웠을 것이다.

하지만 지금 도훈은 막 전입해 온 신병의 체력. 아무리 작키 띄우기가 테크닉을 필요로 한다 해도 체력적인 면이 고려되지 않는 것은 또 아니다.

나름 훈련소에서 체력을 기르긴 했지만 확신할 수 없는 단계.

'천천히 가보자.'

그렇다고 못할 수준은 아니다.

자대에 전입을 하고 나서도 계속 꾸준히 구보 등 훈련은 해왔으니까 말이다.

체력은 은근슬쩍 붙는 것이다.

나름 착실한 군 생활을 해왔다고 믿고 있는 도훈이기에 괜찮을 거라며 스스로를 위로한다.

'지금 나는 꼬장의 신이 아닌 최강의 A급 신병이다. 어디

한 번 신병의 위력을 보여줄까!

두 주먹을 불끈 쥐며 견인곡사포 앞에 선다.

"준비."

한수의 말에 철봉을 잡는 도훈.

아까 철수가 잡았던 철봉의 위치와는 조금 다르다.

"오호, 신병이 나름 지식은 있나 보네."

대한이 놀랍다는 듯이 탄성을 자아내자, 질문쟁이라 할 수 있는 철수가 반사적으로 물음표를 던진다.

"작키 봉 하나 잡은 것으로도 알 수 있는 겁니까?"

"아까 니가 잡았던 봉의 위치를 생각해 봐라. 어느 부분을 잡았냐?"

"봉의… 3분의 2 지점이었던 거 같습니다."

"작키 봉을 띄울 때에는 봉의 가장 끝을 잡는 게 훨씬 유리해. 테크닉 중 하나지."

"유리한 점이 있습니까?"

"몸동작이 커지잖아. 몸동작이 커지는 만큼 작키를 띄우는 높이도 움직임에 따라 상승하고. 알겠냐?"

"…예, 알겠습니다."

사실 잘 알지 못한다. 그러나 철수는 반사적으로 알아들은 척하며 대답한다.

한편, 작키 봉을 잡은 도훈에게 한수의 스타트 신호가 떨어진다.

"시작!"

"웃차!!"

우선 가장 먼저 작키 봉을 당겨 오른쪽으로 최대한 민다.

그리고 다시 작키 봉을 당겨 왼쪽을 민다.

구분 동작과도 같은 자세에 철수는 실로 놀랄 수밖에 없었다.

아니, 철수가 문제가 아니다.

"신병… 제법이네."

자세 하나만 본다면 일단 합격이다.

당기고 밀고, 당기고, 밀고.

이런 패턴은 주기적인 리듬을 통해 패턴화시켜 체력 소모를 최소한으로 만들어준다.

철수처럼 무식하게 구분 동작 없이 그저 몸 가는 대로 마구 작키 봉을 휘두르면 체력 또한 쓸모없는 순간에 마구 낭비되는 법이다.

그리고 도훈이 선택한 전략은 또 하나가 있다.

'페이스를 유지한다. 처음부터 끝까지.'

철수가 풀작키를 띄우지 못한 가장 큰 문제점은 바로 페이스 유지 실패에 있었다.

일반 가라 작키 띄우기라면 다른 사병들도 아무나 할 수 있다. 문제가 있다면 FM 풀작키를 혼자서 띄우기 위해서는 그만큼 체력 안배가 중요하다는 것이다.

본래 FM 풀작키는 두 명이 해도 힘든 법. 그걸 혼자서 하려면 매우 강한 체력이 뒷받침되지 않는 이상 나머지는 전부 테크닉으로 소화해야 한다.

그래서 도훈이 생각한 것은 바로 페이스 유지였다.

'기록은 중요하지 않다. 이번 내기에는 기록이 들어가 있지 않으니까.'

설사 기록 측정을 한다 해도 도훈은 꽤나 빠른 시간 내에 작키를 띄울 수 있을 것이다.

물론 페이스 유지가 된다는 전제조건하에서 말이다.

초반부터 절대로 무리하지 않는다. 빨리 띄워야 한다는 마음은 진즉에 버렸다. 오로지 온전한 체력을 끝까지 유지하며 작키를 띄운다는 목표 하나만을 두고 움직인다.

이것이 바로 도훈의 필승 전략.

그리고 다른 이등병과 도훈의 차이점이다.

"흐읍! 흐읍!"

호흡을 고르면서 무엇보다도 페이스 조절에 힘을 쓴다. 양발은 어깨 넓이 이상으로 벌려 최대한 하반신을 고정시키고, 팔힘 하나만으로 작키봉을 움직인다는 생각은 버리고 온몸을 비튼다.

팔 운동, 어깨 운동, 등 운동, 그리고 허리 운동에 허벅지 운동까지.

작키를 띄우는 행동에 이리도 많은 운동을 할 수 있다는 이

점이 있지만, 문제가 있다면 한 번 하고 나서 탈진으로 쓰러질 가능성이 있다는 게 문제점이다.

'죽을 맛이구만!!'

아마 말년병장에서 다시 신병으로 되돌아온 도훈에게 있어서 유일하게 체력적인 고통을 선사해 주는 일이 바로 지금 이 순간일 것이다.

사실 도훈은 체력이 약한 편이 아니다. 그렇다고 강한 편도 아닌 일반적인 수준에 불과하다.

나머지 체력적인 요소의 부족함은 전부 기술적인 면으로 때워왔다. 하지만 작키 띄우기는 그 기술적인 면이 체력적인 면보다도 우위의 비율을 차지한다.

어찌 보면 도훈에게 있어서는 가장 쉬운 일일지도 모르지만, 실로 오랜만에 혼자서 풀작키를 띄우는 일인지라 고전을 면치 못한다.

"힘내라, 신병!!"

"네 어깨에 나의 추진비가 걸려 있다!!"

한수와 철수가 차례로 도훈을 응원하기 시작한다.

이제 막 전입한 신병이 풀작키를 혼자서 띄우는 진귀한 장면을 보는 것도 나름 재미의 한 요소겠지만, 그것보다 중요한 건 내기에 걸린 추진비다.

'한 달 동안 건빵과 보급품 컵라면으로 때울 수는 없다고!'

이 생각으로 열심히 응원, 혹은 저주를 걸기 시작하는 내기

참가자들.

그러나 승부의 향방은 이미 정해진 듯하다.

"헥, 헥, 헥!"

도훈의 체력이 거의 바닥났다.

아무리 테크닉이 좋아도 체력이 바닥나 버리면 무슨 소용이겠는가. 결국 여기까지인가 싶은 도훈이 침음성을 흘리며 포기 선언을 하려는 찰나였다.

'음?!'

순간 도훈의 손에 느껴지는 익숙한 감촉.

턱, 턱.

작키봉의 끝에서 전해지는 탁 막히는 이 감촉에 도훈은 있는 힘을 다해 작키 봉을 당긴다.

"으아아아아아아아아!!"

고함을 내지르며 작키 봉을 당긴다. 간신히 몸 안쪽까지 당긴 도훈이 이번에는 있는 힘을 다해 작키봉을 밀기 시작한다.

철수가 초반에 저지른 만행처럼 너무나 잡스러운 움직임이 많다.

그렇다면 필히 소모되는 체력도 배가 될 터.

"신병, 초반에는 페이스 유지를 잘하는 것 같더니만……."

대한이 혀를 차면서 고개를 설레설레 젓는다.

아무리 대단한 신병이라고 한들 저렇게 페이스가 흐트러지게 되면 아무런 소용이 없다. 있던 체력도 기하급수적으로 소모될 뿐.

결국 풀작키를 띄우는 데 실패할 거라는 모두의 생각이 거의 확실시되는 순간이다.

"아직 아닙니다!"

승부의 향방에 이의를 제기한 것은 다름 아닌 한수.

"저걸 보시기 바랍니다!"

"뭘?"

"도훈이가 작키 봉을 미는 모습 말입니다!"

필사적으로 있는 힘을 다해 이를 악물고 작키 봉을 미는 도훈이나, 작키 봉의 움직임은 매우 둔하다.

아니, 있는 힘껏 밀어도 겨우 2~3㎝ 이동하는 정도라고 할까.

"서, 설마!"

뭔가를 눈치챘다는 듯이 놀란 표정으로 대한이 소리친다.

"저, 저 녀석! 저지르고 말았어!!"

"말도 안 돼!"

뒤이어 믿을 수 없다는 목소리로 외치는 상병장급들의 절규.

그와 동시에 도훈의 작키 봉이 그 자리에서 멈춘다.

아니, 움직일 수 없는 상태가 되고 만다.

왜냐하면 더 이상 작키를 띄울 수 없는 상태까지 오게 된 것이기 때문이다.

작키 봉에 손을 놓고 비 오듯 떨어지는 땀방울을 손등으로 훔쳐낸 도훈이 호흡을 고르며 말한다.

"…풀작키입니다."

그 한마디에 모든 승부가 종료되었다.

*　　　*　　　*

"난 앞으로 군 생활 하면서 이도훈만 믿고 갈 거다!"

철수가 도훈의 어깨에 손을 올리며 자신감 넘치는 말을 건넨다.

그러자 도훈이 어이가 없다는 듯이 철수의 손을 쳐내며 말한다.

"남한테 의지하기보다는 네가 성장할 생각을 해라."

"짜식, 부끄러워하기는. 난 널 끝까지 믿었다고. 덕분에 추진비도 아낄 수 있어서 좋다."

"그 내기 때문에 난 내일부터 근육통에 시달리게 생겼다, 인마."

사실 도훈은 도중에 몇 번이고 포기할까 생각했다.

그러나 왠지 모르게 말년병장의 자존심에 상처를 입는 듯한 기분이라고 할까. 겉으로 보기에는 이제 막 전입해 온 신병에 불과하지만 속 내용은 말년병장이 아닌가.

제1포대의 살아 있는 전설, 실존하는 꼬장의 신이라 불린 도훈의 자존심을 풀작키라 해도 꺾을 수 없었다.

이미 군 생활 마스터에 이르게 된 도훈에게는 거침이 없었기 때문이다.

아마 도훈도 철수와 같이 아무것도 모르는 상태에서 전입해 온 신병이었다면 필히 풀작키를 띄우지 못했을 것이다. 아니, 풀작키는 고사하고 철수보다도 더 작키를 높게 띄우지 못했을지도 모른다.

도훈이 철수보다 나은 것은 힘도 아니고, 그나마 일반인 수준의 체력을 가지고 있다.

여하튼 결과론적인 이야기지만, 도훈은 풀작키를 띄우는 데 성공했다.

PX에서 범진이 사다 준 탄산음료로 피로를 풀고 있을 때, 다른 포상에도 소문이 난 모양인지 너도나도 이제 막 전입해 온 신병이 띄운 아름다운(?) 풀작키의 자태를 감상하느라 여념이 없다.

"우와, 하나포에 들어간 신병, 무슨 괴물이냐. 이건 나도 못하겠다."

여섯포에 소속되어 있는 말년병장이 진심으로 대단하다는 듯 말한다.

둘이서도 하기 힘든 풀작키를 신병이 혼자서 띄우다니.

"진짜 인재가 들어왔구만. 우리 포대에."

"신병이 아니라 괴물이다, 괴물."

모두가 입을 모아 도훈의 업적에 놀라움을 나타낸다.

신병 풀작키 띄우기 사건.

이것은 훗날 도훈에게 또 다른 전설적인 타이틀을 선사하게 해준 일화로 기록되었다.

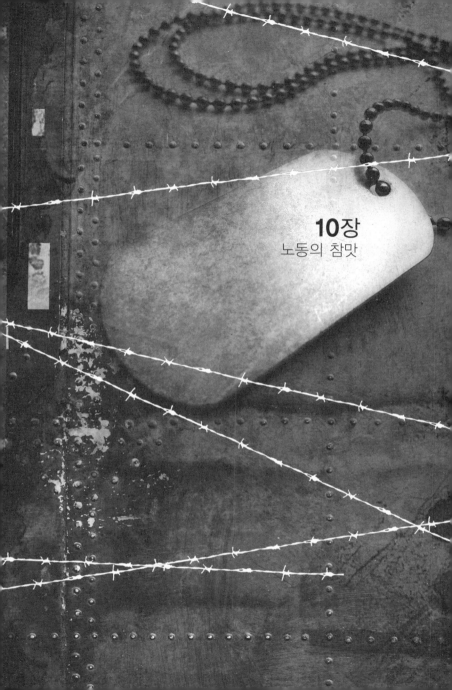

10장
노동의 참맛

"쳇. 더러운 내기 같으니라고."

대한과 재수가 투덜거리며 개인 정비 시간을 이용해 PX를 가기 위해 준비한다.

"다 너 때문이잖아, 이 머저리 녀석아."

화풀이라도 하려는 것일까. 범진에게 필살의 옆차기를 날리는 대한의 공격을 요리조리 피하며 나름 변명을 늘어놓는다.

"왜 그러십니까, 김대한 병장님! 선택은 김 병장님이 하시지 않았습니까?"

"시끄러워, 이 녀석아! 너 때문에 이번 한 달은 꼬박 보급품만 먹으며 살게 생겼잖아."

"저도 마찬가지입니다. 피차일반이니까 서로 곱게곱게 넘어가는 편이……."

"말이라도 못하면 밉상도 아니지, 저 녀석."

김대한이 한숨을 쉬며 철수와 도훈에게 말한다.

"신병들, PX 가자."

"예!"

기다리고 있었다는 듯 재빠르게 전투모와 활동화를 신은 이들. 행정실로 들어가 신고를 마친 뒤 철수가 빠르게 말판을 옮긴다.

저번에 도훈의 말판 옮기기 덕분에 한수에게 쓴소리를 들은 일화가 기억난 것이다. 약간 어리숙해 보여도 한 번 알려 준 것은 까먹지 않는 게 철수의 좋은 점이라고 할까.

철수의 나름 빠른 반응을 흐뭇하게 보던 도훈이 등을 두드려 준다.

"짜식, 성장했구나."

"니 덕분에 돈도 아꼈는데 이 정도라도 해줘야지."

도훈의 활약 덕분에 철수는 많은 월급을 아낄 수 있었다. 얼마 전에 외박까지 나갔다 온 터라 돈이 부족해 허덕이고 있는 찰나에 도훈의 활약으로 인해 생각지도 못한 지출을 방어하는 데 성공한 것이다.

김대한과 재수를 따라 PX로 내려온 이들.

일찌감치 휴게실에 자리 잡은 대한이 재수에게 말한다.

"재수야, 니가 신병들 데리고 추진할 간식거리 사놓고 와라. 난 여기 있을 테니까."

김대한의 시선은 이미 휴게실 안에 틀어져 있는 TV 화면에 고정되어 있다. TV에는 대한이 좋아하는 소녀시대가 나와 노래를 부르고 있었기에 쉽사리 엉덩이를 떼지 못한다.

병장을 달아도 걸그룹을 연호하는 건 군인이라는 딱지를 떼기 전까지는 변함이 없다.

"난 음료 쪽을 고를 테니까 너희는 추진할 거 골라봐라."

"예, 알겠습니다."

기운차게 대답한 도훈과 철수. 그러나 철수는 일단 대답은 하긴 했으나 무엇을 사야 잘 샀다는 소리를 들을지 모르는 건 매한가지다.

"도훈아, 너 뭘 사야 할지……."

철수가 말을 꺼내기 직전 도훈이 말을 차단하며 가볍게 대답한다.

"따라 나와라."

장바구니를 들고 PX 안으로 들어선 도훈과 철수. 일단 도훈이 가장 먼저 집어 든 것은 다름이 아닌 참치였다.

"참치는 뭐하러?"

"훈련의 가장 기본적인 추진 음식이라고 하면 두 개가 있는데 뭔지 아냐?"

"그걸 내가 알 리가 없잖아."

"바로 참치와 맛다시지."

"오, 맛다시! 나도 알아. 들어본 적 있어."

철수가 아는 단어가 나왔다는 사실에 매우 기뻐한다. 군대에 오기 전 예비역 형들이 지겹도록 말한 바로 그 맛다시. 게다가 맛다시에 참치까지 곁들여 먹으면 말 그대로 금상첨화다.

"그런데 마치 훈련 때 나오는 식사에서 반찬을 완전히 안 먹겠다는 식의 선택지 아니냐."

생각해 보면 도훈의 선택은 이상하다.

참치와 맛다시. 반찬 없이 먹을 수 있는 가장 맛있는 재료이긴 하다. 그렇다고 훈련 간에 반찬이 안 나오는 것도 아니고.

"뭘 모르는구만."

도훈은 2년 동안 포대전술훈련이며 대대전술, 심지어 실탄사격훈련에 유격, 혹한기까지 전부 다 소화한 말년병장 중에서도 말년병장이다.

물론 지금의 신분은 전입해 온 지 한 달도 안 된 신병이긴 하지만, 속내는 다른 누구보다도 짬밥을 먹은 병사니까 말이다.

그 노하우는 하늘 높은 줄 모르고 솟아 있다.

"이상하게도 말이야."

도훈이 과거의 훈련 때를 회상하며 말한다.

"훈련을 받을 때 나오는 반찬은 이상하게 다 맛이 없단 말이야."

"…식단이 바뀌기라도 하나."

"상식적으로 생각을 해봐라. 평소에 우리가 먹는 식사는 식당에서 조리를 해 바로 나오잖아. 하지만 훈련 때는 다르지. 음식을 미리 만들어놓고 그 음식을 5톤 트럭에 싣고서 가져오는 형태잖아."

"그러냐?"

"넌 훈련을 받아본 적이 없어서 상상이 잘 안 갈 텐데, 포대 전술 훈련을 받을 때는 외부에 있는 진지에서 자리를 잡고 거기서 훈련하거든. 오늘 포상에서 김범진 상병님이 하던 걸 잘 생각해 봐라."

"으음……."

도훈의 말대로 곰곰이 생각하던 철수가 뭔가를 떠올렸다는 듯이 외친다.

"텐트 정리를 하고 있었지!"

"그래, 바깥에서 숙영한다는 뜻이지. 바깥에서 먹는 밥이 맛이 없는 이유는 음식을 가지고 오는 동안 식어버리기 때문이라는 이유도 있지만 맛이 있고 없고의 문제를 떠나 가장 중요한 요소가 있지."

"또 뭔데?"

"바로 양이 부족하다는 거야."

희한하게 훈련을 받을 때면 항상 양이 부족하다.

분명 평소와 똑같이 조리를 했을 터인데, 아니, 똑같이 조리를 했는지 아닌지에 대해서는 오로지 그날 조리를 담당한 취사병만이 알 것이다. 군대는 언제나 미지의 세계로 가득한 장소니까 말이다.

"양도 부족할뿐더러 맛도 없어. 최악의 군대 식단 아니냐."

"네 말이 사실이라면… 그렇긴 하겠네."

"그래서 반찬은 없고 밥만 덩그러니 남아 있을 때를 대비해서 이렇게 참치와 맛다시를 챙겨놓는 거지. 반찬은 모자랄지언정 밥이 모자란 적은 없거든."

밥은 일정 크기의 통에 조리하기 때문에 양이 부족하진 않다. 그렇기 때문에 반찬이 맛이 없을 때, 그리고 반찬이 모자랄 때를 대비해서 주로 밥만으로 맛있게 식단을 꾸릴 수 있는 수단을 강구한 게 바로 맛다시와 참치라는 것이다.

"일단 이렇게 챙겨두고. 나머지는 사탕이나 초콜릿, 새콤달콤 정도로 만족하면 되겠지."

"과자는?"

철수의 물음에 도훈이 이 녀석의 뒤통수를 한 대 후려칠까 말까 잠시 고민한다.

"과자가 말이 되냐, 병신아. 부피도 클뿐더러 큰 부피에 비해 별로 먹을 것도 없는 과자를 가지고 가봤자 공간 낭비밖에 안 된다고."

"흐음. 일리가 있군."

"생각 좀 하고 살아라. 그리고 과자가 군장에 들어갈 장소가 어디 있다고."

숙영을 하게 되면 군장 안에 모든 것을 넣어야 한다.

군장 안에 예비 군복, 모포, 깔깔이, 내복 등을 챙겨 넣어야 하기에 과자를 넣을 공간 따위는 당연히 없다.

장바구니 안에 훈련에 필요한 물품만 고른 뒤 계산하기 시작한 재수가 안의 물품을 보고선 생각지도 못했다는 듯 이들을 쳐다본다.

"니들 혹시 입대하기 전에 어디서 군대 교육이라도 받고 왔냐? 내가 생각한 것들을 그대로 다 사왔네?"

재수의 말을 들은 철수는 도훈을 다시 한 번 경외심이 넘치는 시선으로 바라볼 수밖에 없었다.

"역시… 군대 척척박사!"

"그딴 별명, 아직까지 부르냐?"

"척척박사가 마음에 안 든다면 역시 허공에 좆질 선생을……."

"이 씨발 놈을 그냥! 오늘 내 손으로 확 죽여 뿔라!!"

중간에 철수가 생명의 위협(?) 받은 사건이 있었지만, 무사히 PX에서 추진 음식을 구비하고 돌아온 이들.

훈련은 순식간에 이틀 뒤로 다가왔고, 취침 전에 한수가 도훈과 철수를 부른다.

"무슨 일이십니까, 한수 일병님."

"다름이 아니고, 훈련 때 너희가 해야 할 일을 간단하게 알려주려고."

점호를 받기 전 옹기종기 모여서 한수의 일일 강의가 시작된다.

대표적으로는 화스트 페이스가 울렸을 때 취할 행동, 각자 해야 할 일, 그리고 통신 유지나 탄창 소지 개수 등을 알려주는 한수의 말에 이미 철수의 정신은 안드로메다로 향하고 있다.

반면, 도훈은 철수와 다른 의미로 연신 하품이 터져 나오는 것을 간신히 참고 있다.

이미 주구장창 다 숙지하고 있는 것들을 마치 새로운 정보를 접하는 신병처럼 흉내 내려니 자연스레 거부 반응이 나온다.

한쪽은 꾸벅꾸벅 졸고 있고, 다른 한쪽은 들으려 하지 않는 모습을 본 한수가 노골적으로 화를 내기 시작한다.

"이것 봐라? 감히 선임이 이야기하는데 집중 안 하냐?"

"죄, 죄송합니다!"

"아무리 이도훈 니가 A급 소리를 듣는다 해도 선임 말에 집중 안 하는 건 별개 문제다. 알겠나? 선임이 말을 하면 경청해야지 딴생각이나 처하고."

"…죄송합니다."

"김철수."

"이병 김철수!"

"내가 방금 말한 것 중에 탄창에 삽탄된 실탄 개수 말해봐라."

"……."

"어쭈? 집중 안 하지?"

"죄송합니다!"

점호 전에 생각지도 못한 한수의 분노를 사고 만 도훈과 철수이다.

물론 도훈은 실탄 개수뿐만 아니라 화스트 페이스가 울리고 나서부터 전반적인 과정을 모두 읊을 수 있다. 그러나 여기서 괜히 말대답을 했다가 오히려 한수의 화를 더 돋우는 꼴이 될 거라고 생각했기에 침묵으로 일관한다.

도훈의 이런 선택은 실로 옳다고 볼 수 있었다.

이미 알고 있다 해도 그걸 전부 발설하면 칭찬을 받을 것이란 사실은 너무나도 안이한 생각이다.

분위기를 파악할 줄 알아야 한다.

이것이 바로 도훈의 군 생활 철칙 중 하나이다.

분위기를 보고 그에 걸맞은 행동을 하라. 그래야만 선임의 비위도 맞출 수 있을뿐더러 상황을 악화시키지 않는다.

욕을 먹으면서도 침착하게 자신이 해야 할 일을 계산 중인 도훈과는 다르게 철수는 지금까지 친하게 지내던 착한 선임이 도리어 욕을 하며 화를 내는 모습에 정신적인 충격을 받을 수밖에 없었다.

소위 말하는 쫄았다는 표현이 어울릴까.

군대는 아무리 친하다 해도 선임과 후임이라는 관계가 명확히 존재한다.

매번 장난스러운 태도로 일관하는 범진 역시도 한수가 도훈과 철수를 혼내는 일에 크게 관여하지 않는다.

왜냐하면 군대는 오로지 계급이기 때문이다.

계급이 전부고 계급이 모든 것을 대변한다.

그게 바로 군대.

도훈은 군대라는 조직이 계급 하나로 움직인다는 사실을 너무나도 잘 알고 있기에 그저 침묵으로 일관한다.

그러나 군대도 사람 사는 곳이라고 하지 않는가.

계급 이전에 이들도 사람이기에 '정' 이라는 것이 존재한다.

그리고 군대 내에서는 그것을 '전우애' 라고 부른다.

점호가 끝나고 화장실을 가려는 철수를 부르는 한수.

"김철수."

"이병 김철수!"

아까 한수에게 혼이 난 탓일까. 잔뜩 기합이 들어가 있는 철수가 그대로 얼어버린다.

"이도훈도 이리 와봐라."

"이병 이도훈."

둘을 부른 한수가 다시 굳은 표정을 지어 보이자 철수는 또 혼나는 게 아닌가 생각했다.

하지만 한수는 이내 표정을 풀면서 두 신병에게 말한다.

"너무 긴장하지 마라. 이게 다 너희 잘되라고 하는 말이니까."

"……."

"군대 좆같다, 좆같다 해도 난 너희 선임이고 너희도 내 후임이다. 다른 이등병들보다 내 후임에게 더 관심이 가는 건 당연한 일이고, 그리고 내 후임이 항상 최고라는 생각을 가지고 있어."

"예……."

"쓴소리를 했다고 너무 기죽지 말고, 짜식들아. 나도 아까 괜히 화내서 미안하다. 너희도 훈련 앞두고 피곤할 텐데. 남자잖냐. 안 그래?"

"예, 맞습니다!"

"특히 철수 너도 도훈에게 뒤지지 않을 정도로 잘하고 있으니까 이번 훈련에도 기대하고 있겠다."

"감사합니다!"

철수는 순간 눈물이 왈칵 쏟아질 뻔했다.

채찍으로 때리고 당근을 주는 격처럼 보일지 모르지만, 한수는 실로 올바른 선택을 했다고 볼 수 있었다.

무조건 후임을 갈군다고 그게 정답은 아니다.

때로는 왜 후임들에게 화를 냈는지에 대해서도 그 이유를 알려줄 필요가 있다. 후임이 자신이 잘못한 것을 인식해야 비로소 화를 낸 목적이 달성되니까 말이다.

"…화장실이나 가자."

도훈이 철수의 옆구리를 쿡쿡 찌른다.

한수는 이미 할 말을 마쳤는지 매트리스 위에 자리를 잡고 눕는다.

*　　　*　　　*

또다시 아침 해가 떠오르고, 국방부의 시계는 거꾸로 놓아도 돌아가는 법이다.

여지없이 구보로 아침을 시작한 이들은 아침부터 포상에서 한수의 강의 시즌 2를 청취 중이다.

"훈련을 시작하면 우선 우리가 가장 첫 번째로 해야 할 것이 바로 '방열' 이라는 거다."

"……?"

철수의 표정에서 모든 것을 느낀 한수가 말을 잇는다.

"잘 감이 안 오지?"

"예, 그렇습니다!"

"방열이라는 것은, 게임 중에 '스타크래프트' 라는 게임 기억 나냐?"

"예! 한때 프로게이머를 할까 생각도 해봤습니다."

"종족이 뭔데?"

"테란입니다!"

철수의 또 다른 능력이 밝혀지게 되었다. 바로 게임 마니아라는 사실.

물론 20대 청년이 게임을 싫어할 리는 없다. 하지만 프로게이머를 진지하게 생각할 정도로 게임을 해왔다는 것은 일반인이 게임을 즐긴다는 개념보다는 게임으로 직업을 삼을 예정이었다는 소리가 된다.

은근히 다재다능한 김철수. 하지만 그 재능이 군대에서는 전혀 쓸모가 없는 재주라는 사실이다.

"그럼 더 잘 이해할 수 있겠네."

설명에 박차를 가하기 시작한 한수가 V 자 모양으로 벌려져 있는 긴 고철 덩어리를 가리키며 말한다.

"이건 '가신' 이라고 한다."

"가신… 입니까?"

"그래. 아까 내가 '방열' 이라는 단어를 언급했지? 방열이란 시즈탱크의 '시즈모드' 와 같은 거야. 포를 멀리 쏘게 하기 위해서 그 자리에 포를 고정시키는 것을 의미하지."

"과연! 알 수 있을 것 같습니다!"

"그리고 이 가신이란 것은… 시즈탱크가 시즈모드를 할 때 양쪽 옆구리에서 튀어나와 지면에 고정시키는 기계손 같은 거 있잖아. 그 역할을 해주는 게 '가신' 이라는 거지."

한수의 설명은 한수 본인이 즉흥적으로 시즈탱크를 이용해 비유한 것이 아니다.

제1포대가 대대적으로, 아니, 견인곡사포나 자주포라면 흔히 사용할 수 있는 비유가 바로 스타크래프트의 시즈탱크와 시즈모드일 것이다.

방열이라는 개념을 잘 이해시키는 데 이보다도 더 효과적인 비유가 있을까. 대국민 게임이라 불리는 스타크래프트를 통해서 이해를 돕고자 하는 한수의 설명은 철수에게도 여지없이 통했다.

물론 도훈은 굳이 시즈탱크와 시즈모드라는 비유를 사용하지 않아도 너무나 잘 이해하고 있다.

하품이 나올 정도지만, 어제와 같은 한수의 꾸지람을 듣고 싶지는 않아서 이번에는 열심히 경청하는 척한다.

어디까지나 척하는 것일 뿐이다. 역시 척척박사라는 소리가 나올 정도로 말이다.

"대충 어떤 개념인진 알았겠지?"

"예!"

"그럼 이제부터가 중요한 일인데."

한수가 잠시 말을 아끼더니 가신의 양쪽 끝을 가리킨다.

"이번 훈련을 하는 동안 너희에게 있어서 가장 중요한 일은 바로 이거다."

끝을 발로 툭 건들인 한수가 말하길,

"이 가신의 끝을 보이지 않게끔 땅에 파묻어야 한다."

땅을 까라!

간 데 또 까라!

이게 이번 훈련에서 도훈과 철수가 가장 비중 있게 담당해야 할 일이었다.

단순히 땅을 파면 되는 일이 아니다. 가신의 끝이 보이지 않을 만큼 파야 한다.

즉, 최소 50~60㎝ 깊이로 파야 한다는 것이다.

"땅 파는 거야 어렵지 않습니다."

늘 같은 패턴이지만 매번 자신만만하게 먼저 나서는 철수의 말에 한수가 호기심 어린 눈동자로 철수를 바라본다.

"과연 네 뜻대로 될까?"

"지금까지는 실패의 연속이었지만, 이제는 더 이상 실패할 이유가 없습니다. 하하!"

삽자루를 들고 포상 근처에 있는 한적한 공터에 자리 잡은 철수와 도훈, 그리고 한수와 삽질 마스터라 불리는 범진이 모이게 되었다.

"어디 한번 신병 삽질 구경 좀 해볼까?"

"맡겨주시기 바랍니다! 제가 훈련소에서 한 삽질 했지 말입니다!"

참고로 철수가 말하는 '한 삽질'이란 야외숙영 때 폭우가 쏟아져 배수로 작업을 했을 때의 일이다.

열심히 삽질을 하는 철수. 그러나 도중에 깡! 소리가 나며 삽이 돌에 부딪친다.

"요것이?!'

오기가 발동한 철수가 삽을 세우고 어떻게든 바위를 빼내려 하지만, 그래 봤자 체력 낭비다.

"야, 잠깐 나와 봐."

아무런 거리낌 없이 곡괭이를 든 도훈이 한 손은 곡괭이의 끝을, 그리고 다른 한 손은 곡괭이의 중간 지점을 잡고 머리 위로 솟구치듯 높게 올린다.

그와 동시에 곡괭이의 중간 지점을 잡고 있던 손을 재빠르게 끝으로 내리며 양손으로 마치 해머를 내려치듯 강하게 내리꽂자, 바위 바로 위쪽에 흙과 맞닿는 지점에 정확히 곡괭이가 꽂힌다.

이윽고 지렛대의 원리를 이용해 바위를 계속 들썩이게 만들자 도훈이 철수에게 손짓한다.

"이제 바위 꺼내봐라."

"어? 어……."

웃차 소리를 내며 커다란 바위를 꺼낸 철수가 구석진 곳에 바위를 던져 버린다.

언제 봐도 도훈의 곡괭이 실력은 타의 추종을 불허할 정도로 대단하다.

순간 놀란 눈동자가 되어버린 범진과 한수. 어떻게 정확히 한 큐에 바위와 땅이 맞닿는 지점을 찾아 내리꽂을 수가 있단 말인가!

그러나 도훈은 오히려 이게 정상이라는 듯이 어깨를 이리 저리 가볍게 푼다.

"김철수, 그때 그 포지션으로 가자."

"그때라면……."

"폭우 사건 때 했던 그 포지션 알고 있겠지?"

"오, 오케이! 당연히 알고 있지!"

"그때와 지금은 상황 자체가 다르다. 비도 안 오고 날씨는 쾌청해. 땅도 안 젖었을 뿐만 아니라 폭우 사건 때와는 차원 이 다를 정도로 땅 까기 좋은 날이다. 더 이상 징징거리면서 내 발목 잡을 생각 하지 마라."

"짜식, 군대 척척박사라고 너무 나대는 거 아니냐? 나도 힘 하나만큼은 자신 있다고."

"그럼 간다!"

"작살 내버리자!!"

도훈이 말한 의미는 바로 야외 숙영 때 폭우가 내리던 상황 에서 비와 사투를 벌이며 배수로를 까야 했던 바로 그 포메이 션을 말하는 거였다.

도훈이 곡괭이 형태로 바꾼 'ㄱ'자 야전삽으로 땅을 까고, 철수가 삽으로 흙을 퍼낸다.

"간다!"

도훈이 먼저 땅을 깔 지점을 직사각형으로 표시를 해둔 다 음에 곡괭이를 내리꽂는다.

푹, 푹!

물렁한 땅이 아님에도 불구하고 곡괭이는 도훈의 내리찍는 자세와 힘에 의해 마구잡이로 꽂힌다.

거침없이 땅을 헤집어놓은 도훈이 철수에게 외친다.

"떡대 투입!"

"이 정도면 식은 죽 먹기지!"

평평한 땅을 삽 한 자루로 파낸다면 어려울지 모르지만, 곡괭이로 땅을 헤집어놓은 상태라면 흙을 퍼내기가 훨씬 수월하다.

철수의 남아도는 힘으로 흙을 무자비하게 퍼내기 시작한다. 그 뒤 체력 안배를 위해 이번에는 도훈이 삽을 들고 철수와 교대하며 흙을 퍼낸다.

"좋아, 이 패턴으로 간다."

도훈의 지시에 철수가 고개를 끄덕인다.

곡괭이질을 할 줄 모르는 철수에게 멋대로 곡괭이를 맡길 수는 없다. 그렇기에 도훈이 곡괭이를 전담하고 철수가 삽을 전담한다.

힘보다는 테크닉이 필요한 곡괭이와 테크닉보다는 힘이 필요한 삽질의 조화가 향연을 이루기 시작한다.

순식간에 깊고 거대한 구덩이를 파내는 이들의 콤비네이션을 멍하니 지켜보던 범진과 한수는 순간 할 말을 잃고 만다.

이도훈, 도대체 이 녀석 정체가 뭘까.

곡괭이질을 알려주지도 않았음에도 불구하고 아주 아름답고 완벽한 자세를 선보인다.

머리 위로 곡괭이를 들고 내리찍는 자세가 아주 일품이다. 작업의 신이라 불리는 행보관이 만약 이 자리에 있었다면 무조건 도훈을 자신의 전용 작업병으로 만들기 위해 안달을 부렸을 것이다.

"시, 신의 곡괭이질이야!"

범진이 자신도 모르게 내지른 탄성에 한수가 고개를 끄덕인다.

"제, 제가 군 생활을 하면서 저렇게 완벽한 곡괭이질은 본 적이 없습니다."

"그건 나도 마찬가지야, 인마."

도훈의 곡괭이질과 철수의 삽질은 멈출 줄을 모른다.

힘과 기술이 완벽한 조화를 이룰 때에만 가능하다는 곡괭이와 삽의 조화가 이 자리에 강림한다.

범진과 한수는 한동안 그렇게 서로 말을 잇지 못한 채 아름답기까지 한 저 둘의 땅 까기 작업을 계속 바라볼 수밖에 없었다.

도훈의 곡괭이질과 철수의 삽질이 만들어낸 구덩이를 관람하던 범진은 자신도 모르게 중얼거린다.

"아름답다······."

실로 완벽한 직사각형 구덩이가 탄생했다. 이 정도면 가신의 끝에 걸려 있는 가신 발톱이 들어가도 전혀 문제가 없을 정도의 사이즈라 당당히 말할 수 있다.

구덩이를 넋 놓고 바라보던 범진이 목소리를 높여 외친다.

"합겨억!"

"감사합니다!"

우렁차게 범진에게 거수경례를 한 뒤에 도훈과 철수가 하이파이브를 한다.

짜악!

마치 슬램덩크의 강백호와 서태웅이 하이파이브를 하는 듯한 명장면을 연출한 둘의 모습이 너무나도 눈부시다.

작업계의 환상 듀오.

도훈의 스킬과 철수의 파워가 있으면 그 어떠한 작업도 두렵지 않을 것이다.

하지만 이들을 지켜보고 있던 한 명의 인물이 있었으니.

'오호라……'

제1포대의 원조 작업의 신이라 불리는 행보관의 눈이 반짝인다.

『말년병장, 이등병 되다!』 4권에 계속…

이제부터 전자책은

이젠북

www.ezenbook.co.kr

✧ 새로운 세계가 열린다! ✧

한백림 『천잠비룡포』	천중화 『그레이트 원』
좌백 『천마군림』	송진용 『몽검마도』
현대백수 『간웅』	김석진 『더블』
김정률 『아나크레온』	백연 『생사결—영정호우』
임준후 『켈베로스』	예가음 『신병이기』
진산 『화분, 용의 나라』	남운 『개방학사』

이름만 들어도 황홀할 정도의 별들의 향연!

이들의 "유료연재"가 시작됩니다!

검색창에 **이젠북** 을 쳐보세요! ▼ 🔍

FANTASTIC ORIENTAL HEROES

양경 新 무협 판타지 소설

악공무림

樂工
武林

『화산검선』의 작가 양경!
가슴을 울리는 따뜻한 무협이 왔다!

『악공무림』
어린 나이에 할아버지를 여의고
황궁의 악사(樂士)가 된 송현.
그러나 채워질 수 없는 외로움에
궁을 나서고, 그 발걸음은 무림으로 향하는데……

듣는 이의 마음을 울리는, 화음.
악공 송현의 강호유람기가 펼쳐진다!

Book Publishing CHUNGEORAM

유행이 아닌 자유추구 -
WWW.chungeoram.com

FUSION FANTASTIC STORY

진호철
장편 소설

『1월 0일』의 작가 진호철!
그가 선보이는 호쾌한 현대 판타지!

어머니의 치료비를 구하기 위해
프랑스 외인부대에 자원한 유천.

어느 날 신비한 석함을 얻게 되는데……

『한국호랑이』

내 인생은 전진뿐. 길이 아니면 만들어가고
방해자가 있다면 짓밟고 갈 뿐이다!

Book Publishing CHUNGEORAM

유행이 아닌 자유추구
WWW.chungeoram.com

**수십 년 전, 용병왕의 등장으로 생겨난
왕국과 용병의 세계.
평소엔 한없이 가볍지만 화나면 누구보다 무서운,
놀고먹고 싶은 그가 돌아왔다!**

하지만 바람과는 달리 과거 그의 앙숙과 대륙의 판도는
도저히 그를 놓아주질 않는데……

"용병은 그냥, 돈 받고 칼을 빌려주는 놈들이니까."

그의 용병 철학은 단순했다.

"물론, 누구에게 빌려주느냐가 문제겠지?"

A Book Publishing CHUNGEORAM

유행이 아닌 자유추구
WWW.chungeoram.com

FANTASTIC ORIENTAL HEROES

騰龍記
등룡기

임영기 新무협 판타지 소설

『만능서생』, 『무정도』의 작가 임영기.
2014년 봄에 시작되는 그의 화끈한 한 방!

도무탄,
태원 최고의 갑부이자 쾌남.
그러나…
인생의 황금기에 맞은 연인의 배신!

'빌어먹을… 돈보다는 무력(武力)이 더 강하다……'

돈이 다가 아님을 깨닫고,
무(武)로 일어서길 다짐하다!

고금제일권 권혼(拳魂)과 악바리 근성,
천하제일부호와 무림최고수를 동시에 노리다!

Book Publishing CHUNGEORAM

유행이 아닌 자유추구-
WWW.chungeoram.com

도시의 주인

말리브 장편 소설
FUSION FANTASTIC STORY

말리브 작가의 신작 현대 판타지!

죽기 위해 오른 히말라야.
그러나, 죽음의 끝에 기연을 만나다!

『도시의 주인』

다시 한 번 주어진 운명.
이제까지의 과거는 없다!

소중한 이를 위해! 정의를 외친다!

Book Publishing CHUNGEORAM

유행이 아닌 자유추구 -
WWW.chungeoram.com